第九個身體

陳思宏

序

敞開身體書寫

我敞開，坦承，說出口，書寫。

我是彰化永靖鄉下的第九個孩子，在絕對重男輕女的環境下長大，從小被寵，習慣父權思考。但，堅固的守舊在我身上註定失效，因為，我是同志。我無法組異性戀家庭，成家立業，延續香火。我在學院裡閱讀當代性別理論與文本，接觸性別社運，父權制約與我的身體正面對撞，陳家的第九個孩子，身體開始累積許多隱形傷口。

《第九個身體》是解剖自己身體的書寫計畫，誠實面對家族記憶、成長悲喜，寫農家的身體制約、中學的暴力體罰、身為同志的跌撞、遭遇的歧視、成年後的身體試煉、與旅居德國之後的身體思考。我透過書寫審視陳家的這第九個身體，從永靖到台北到柏林，經歷的閉鎖與敞開，從個人身體史啟程。

《第九個身體》不只剖開自己的身體，也書寫他人身體的反叛，以文字重建少數、邊緣身體姿態，聚焦飽受責難的越界身體，抵抗守舊圍勦。

也寫我的個人異地體驗，寫旅行途中的身體變異，寫身體與他者文化的短暫碰撞。旅行找自由，身體奮力游向彼岸，逃亡，找生機。

彼岸不見得是應許地，但掙扎是本能，尋光源，找出口。我這第九個身體還在掙扎，還在寫作，還在旅行，還在找自由。

我相信敞開的力道。攤開的書頁掉出詩句，張開的嘴唱出詠嘆，開放的邊界讓人自由遷徙。

這農家的第九個身體剛滿四十二歲，無法抵抗衰老，但不信青春鮮美是唯一美麗的人生季節。敞開，是我的書寫策略。我寫疾病，寫傷口，寫長大，寫失落，其實都是為了爭自由，一步一步，奪回身體的自主權。

這本書，寫給所有承擔污名的少數身體。

卷二、少數身體

卷三、旅行身體

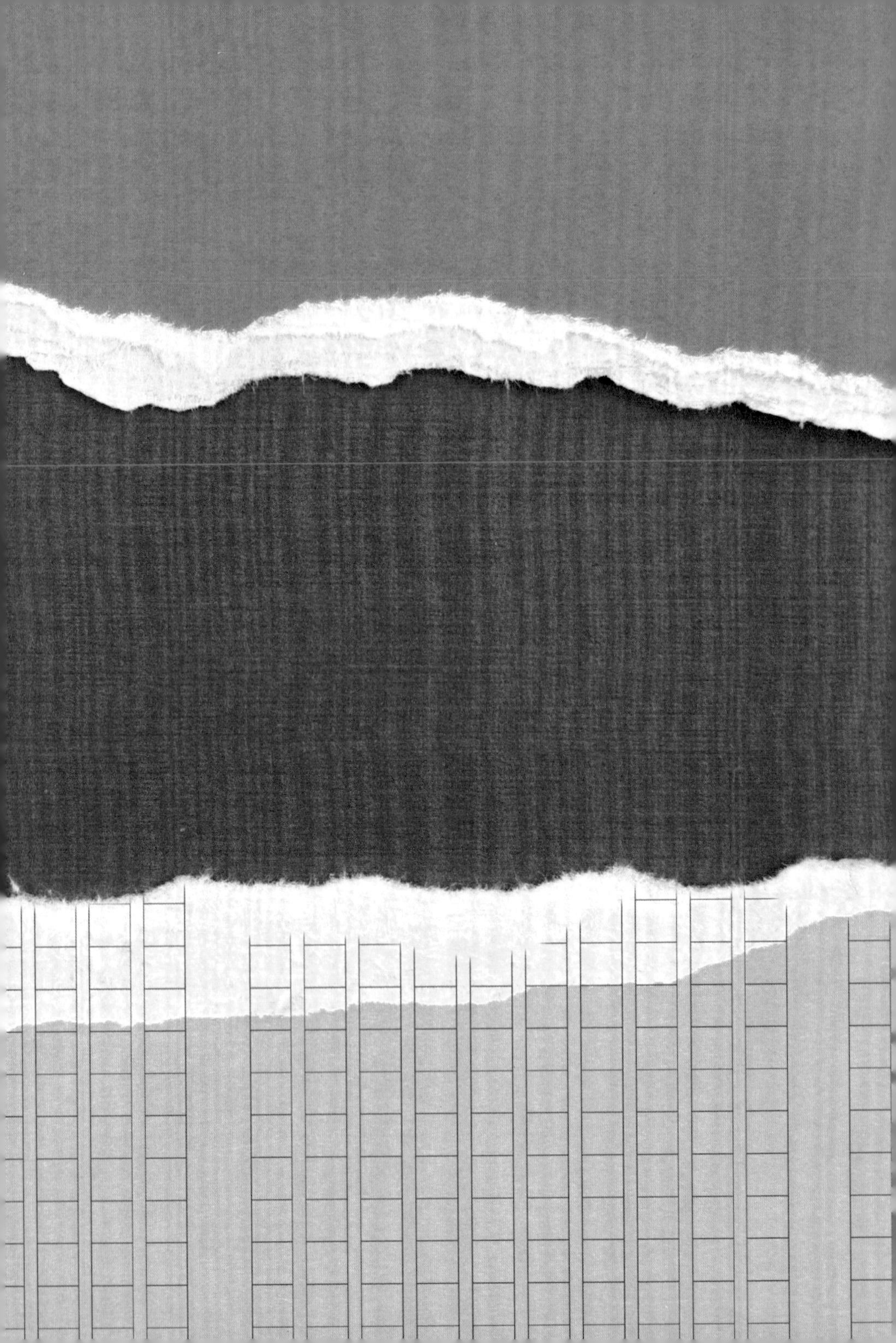

卷一、永靖身體

壞掉的老九，肥美的荔枝

很多人說，我不像鄉下人。

一九七六年，我在彰化縣永靖鄉八德巷出生，陳家第九個孩子。父親是農家長男，生兒壓力龐大，與母親卻連續生了七個女孩，在父權家族地位墊底。殷殷指望下，我哥排序第八落地，母親終於停止分娩失望，鞭炮炸，恭喜聲海嘯。我七個姊姊以為父母增產報國已衝過終點，想不到已是高齡產婦的母親又懷孕，我濃密鬈髮、哭聲撞鐘來到人世。父親說，怕我哥「一個查埔人無法度陪對七個姊姊」，於是再賭一次，若再得一子，我哥便不孤單。

曾有讀者問，為何寫作？最早的寫作記憶是？我毫不猶豫說，我的家庭，就是我的最初寫作動機。我的個人寫作履歷，可回溯到七、八歲，初上學識字，課本上寫造句不夠，把整本過期日曆翻過來，在空白背面繼續造句。我很多話，表演慾旺燒，幼稚園就很愛上臺致詞，國小常參加演講比賽。我腦子總有很多故事，一定要說出口，亟欲寫下來，國小四年級，我寫出了第一篇小說。我書寫故事的直接源頭就是我家，一家十一口擠在彰化鄉下小屋裡，吵吵鬧鬧，故事喧噪。

父親年輕時俊美，沉默無言，為了養活一家，種田、賣農藥、開貨車，幾乎無眠，滄桑過勞，中年被診斷出肝癌，沒有化療，竟多活了將近十年。母親在三合院大家族裡不斷產下女嬰，被保守社會踩在腳底，厭女哀嘆。大姊國中沒畢業就逃家去臺中沙鹿工廠，一生都坐在縫紉機前，至今仍勞碌。二姊個性豪邁，喉嚨內建麥克風，這秒煮飯給全家吃，下秒拿鍋鏟出門打欺負她的男生。三姊繼承父親貨運事業，開大卡車，搬大樹。四姊是陳家唯一受過高等教育的女兒，經濟匱乏年代，我們家的行動版圖很少跨出彰化、雲林，她獨自到臺北上大學。五姊出生後差點被別人家收養，溫順乖女兒，幼稚園老師，如今是保姆，孩子磁鐵。六姊遠嫁屏東，歷經家暴，賣過碗粿，進入金融業，開過早餐店，從未放棄。七姊叛逆，我清楚記得，她不顧父母反對，穿著粉色洋裝出門約會，她十七歲那年，一臺砂石車輾過她，喪禮過後，我們家一整年沒有笑聲，我童年的句點。我哥是最得寵的長子，明明體格粗壯，卻總是被矮小的同學霸凌，在外懦弱，對家人蠻橫，長大後黑道白道都欠債倒債，帶妻兒潛逃，下落不明。

尋常農家，故事擁擠，生育力旺盛，有十七個孩子喚我舅舅叔叔，有很多婚禮喪禮，哭聲笑聲，爭家產，手足決裂，陳家的色調從不清淡，我下筆跟著濃烈。有位作家前輩曾當面對我說，寫小說宜「節制」。我稱好，之後下筆，忍不住又打翻調色盤，寫爆炸，寫狂風，寫尖叫。怎麼辦？我身體裡的故事重鹽高醣，寫不出淡雅。

家人故事濃郁，那我呢？我是父親當年的賭注，家裡根本沒錢多養一個小孩，但他還想讓陳家多添一男。如今看來，賭注失敗，我根本是壞掉的老九，農家的瑕品。

失敗，因為我用盡力氣逃離。原鄉在每個人身體會留下不同印記，我的是勒痕。我嚮往城市，歐洲電影，文學旅行，自由恣意，紐約巴黎。我怕田野，鄉間的蛇，當面跟我說讀戲劇所沒前途的舅公，保守父執輩，宮廟神棍，傍晚的小黑蚊，竹林女鬼。我一路逃到了德國，故鄉與柏林千里遠，這讓我很安心。我以故鄉永靖為底，寫了《去過敏的三種方法》，寫童年的故事，密閉的空間，窒息的保守，我這個失敗的老九，寫書，說故鄉的壞話。

陳思宏滿週歲照。

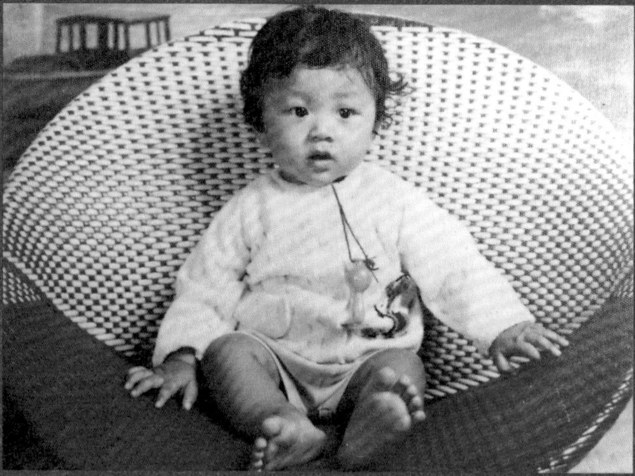

瑕疵品，我沒娶妻生子，我是同志。我的成長環境極度重男輕女，父母親從小就灌輸子女失衡概念，家產全部留給兒子，女兒負責簽章，一切無條件給兩個弟弟。我到臺北之後接收性別教育，學院裡閱讀女性主義、性別論述文本，智識啟蒙，開始質疑。我哥是傳統父權教育的完美產品，很早娶妻，第一胎就得子，厭女，懼怕新世界，信仰長子為天，男人至上，到處拜小廟，只想開名車。我則是因為性向，被歧視，被攻擊，從憎恨自己到喜歡自己，跌撞生存路迢迢。我自己清楚，幸好，幸好，幸好我是同志，不然我就是陳家的第二個完美兒子產品。我是不良品，但我慶幸。

面對家族、成長記憶，唯一的戰略就是書寫。大霧臨，叫囂響，張眼只見黑暗，我坐下來書寫。寫作有澄明魔法，字詞在腦裡戰鬥推擠，有這麼多的家族故事催促我寫，完成一篇小說，去除一片童年烏雲。

我此刻能大方書寫我的出身，說永靖，寫我的農家出身，但，我曾過分用力，與原鄉剝離。到臺北讀大學，有同學笑我的國語有「南部腔」（但其實彰化不是南部啊，後來我才懂，原來只要離開臺北疆界，其餘都是「南部」），於是我模仿臺北同學的口氣與嘴型，「矯正」我的發音，讓我自己聽起來像個道地的「北部人」。讀英文系，我硬逼自己學美國西岸的發音方式，大量看美國影集，聽美國流行歌曲，save the best for last 幾個「せ」的差別都徹底搞清楚，不斷演練，有次被傻瓜誤認為ABC，忽然幻想自己人生往上一階。我努力刷洗土氣，學首都人穿著，染髮，修剪鼻毛，戴隱形眼鏡，終於不像個鄉下人。

跑得再遠，無論多不像鄉下人，總有返鄉時刻，躲不了，永靖總會追上來。

母親在家門口前被車撞，我從柏林趕回永靖，千里奔喪。島嶼中部山區火葬場，場面混亂，無所謂莊嚴，工作人員衣著隨便，口嚼檳榔，滿嘴髒話，推了棺材就往火爐送，宛如生產線。當日排隊棺木眾多，混亂中，我們根本不知道母親的棺木何時被送入大火，長輩忽然提醒我們，必須對著火爐大喊：「媽！火來了，妳快走！」

吶喊中，我視線往上移，燒屍體的濃密煙灰從煙囪竄出，朝山坡散逸，上面一大片茂盛的荔枝園。

母親遺體燒盡，嚼檳榔的工作人員整理碎裂的骨頭，現場實在是太沒秩序了，我不禁懷疑，這真的是母親的骨頭嗎？弄錯的機率太大了吧？

負責撿骨入甕的阿伯朝地上吐一大朵豔紅，遞出一雙長筷。依俗，必須由長男拿筷子，把骨頭夾進甕，女兒則不准碰。聽到荒謬的父權習俗，我竟然問，那如果家裡沒兒子呢？女兒依然不准碰，由男性長輩代理。我哥拿筷速夾了骨頭，把筷子傳給我，我把母親的骨頭夾起，看著面前的嚼檳榔阿伯，身體忽然輕盈了一些。原來死亡這麼不莊嚴，手上的筷子充滿可笑的性別意識與迷信，這一切荒謬，就到我們這一代為止吧。計較，爭吵，推擠，最終都得白骨入甕，這是母親給我最珍貴的。不到「看破」境界，但從此我樂觀放鬆。

母親過世不久，我哥爆發債務危機，想賣祖地還債，陳家再度沸騰大吵。

終究，我回到了故鄉。我跑得再遠，自認多自由，總會有一場喪禮，把我勒回來，再當一次永靖人。身體有勒痕，為了鬆綁，為了自由，為了再度叛逃，故鄉在後追趕，我必須繼續書寫。

那天火葬之後，我和姊姊們走了一段山路。一路上，都是賣荔枝的攤販。當地荔枝特別肥碩，多汁鮮甜，島嶼名產，最適合祭拜祖先。我想起那熊熊烈火，濃重的肉體煙灰，果實累累的樹。

死亡讓荔枝肥美。永靖逼我寫作。

嬰孩時代的陳思宏（騎木馬者），與七姊陳麗香。

趕路

我出身彰化永靖農家，父親小學畢業，母親沒機會上學，為求子連生七個女兒，我哥終於帶把降生，民國六十五年，我第九殿後。一家十一張嘴得吃，父母親投身貨運，祖地四季不休耕，家裡堆滿代工商品，每雙手都投入生產，包裝衣服、黏組玩具、堆疊茗葉、搬運菁仔、收割稻米、鞋廠打工。農家首重生存，父母要求勤勞品德，若有人懶散偷錢，父母咻咻執鞭採連坐，讀書課業都其次。

在這個並不重視知識教育的家庭，我們在永靖瑚璉路的老家，卻充滿文字。姊姊們喜愛閱讀，架上有洪範、爾雅、九歌，整套瓊瑤。《姊妹》雜誌

堆在代工物品旁，徵友那一頁有姊姊偷渡的青春。家裡訂了《民生報》，父親難得空閒，坐著把每一版細細讀完，小睡之後馬上出門載貨。一臺破嗓的收音機陪全家拚經濟，廣播劇俠義傳奇，流行歌曲樣板政宣，陪全家熬夜趕代工訂單。我讀，我聽，我說，我對電動毫無興趣，喜歡文字的建構組成，勤查字典。我是受寵的么子，大家都讓我，工少做一點，覺睡長一點，大塊肉給我，在被窩裡瞞著父母偷看的那本新小說先給我讀。

小學，老師或許聽到了我身體裡有文字吵鬧著，我不斷被推派參加作文比賽，換來房間整牆的獎狀。我試著投稿《國語日報》，從沒回音。國中，國文老師帶我去校外參加縣市級的作文競技，城市的孩子比我挺拔，制服比我好看，寫作的姿態筆直，我首次意識到自己的鄉下出身，下筆軟弱。

高中我離開了永靖，來到了彰化市讀彰化高中。當時男校追求陽剛，進操場必須吼唱軍歌，校風保守呆板，不重文藝美感教育，我這被同學譏為娘的瘦弱男孩，高一體育五十八分被當，數學平均四十，青春暗澹，尋不得自信的開關。

幸好我有文字，書包裡走私散文小說，數學理化課勤讀閒書，以斷睡意。我學英文快，國文成績好，作文課連著兩節，大部分學生都怕，寫作時刻宛如集體被迫入荒漠，但我熱愛課堂的寫作時光，作文簿一格一格綠，在我眼裡都像是家鄉的沃田，急著種入文字。我在數學課本上寫詩畫插圖，週記當散文園地，作文課沙沙寫掉半本簿。我遇到的國文老師都聽到了我身體裡文字版塊正在互相推擠，評語滿鼓勵，在校刊上登我的作品。

升高三那年暑假，我去高雄參加文藝營，營隊裡有寫作比賽，全島各地各高中寫手齊聚，獲勝者有機會略過聯考，保送中文系。營隊裡，我發現原來各校都有類似我的學生，大家一觸文字就通電，鎢絲晶亮，只想讀那些大人說畢業以後賺不了錢的科系，我原來不孤獨。遇見了一群啃讀文學的同代人，每日話語江河翻騰，我暗色青春來到拂曉，似乎找到日出的開關。但同時，我驚覺自己的不足。來自首都的學生討論著芥川龍之介、村上春樹、赫塞、大衛·林區，已經有人看過《雙面薇若妮卡》(*La double vie de Veronique*)，我以乾笑陪著熱烈，都沒聽過。我發現，我短缺。

北上讀輔大，和首都的同學共讀，我的短缺更加明顯，簡直匱乏。這匱乏並非時髦的臺北人與鄉下土包子的物質、經濟、外表、口音的對立，而是我發現我長期缺乏暢通的求知管道，錯過了一整個時代。首都同學們蹺課去聲援野百合學運時，我正在永靖被一位瘋狂的國中導師鞭打，她跟全班說什麼都不重要，考試最重要，阻斷我們與世界的聯繫。同學高中時忙著蹺課、打架、抽菸、戀愛、上街抗議，我做過最叛逆的事就只是在數學課讀皇冠出版的三色堇叢書。我沒聽過美麗島事件，臺北新市長是意氣風發的陳水扁，社團裡有學長提及鄭南榕，我完全不知道他們是誰。

匱乏，於是我開始趕路。首都有雲門，有影展，有新書發表會，我狼吞虎嚥。大學四年我熱讀英美文學與當代中文創作，幾乎不寫，偶而投稿，寫失戀的詩。我終於看到《雙面薇若妮卡》，但我睡著了。

到臺大讀研究所，蝸居師大路。我去師大郵局領錢，經過一張「全國大專學生文學獎」的海報，一週後截稿，我回住處幾天沒出門，趕了短篇小說參賽。不久後我意外收到得獎通知，名次佳作，其他得獎人包括童偉格、張耀仁。

那是我生平第一次獲得文學獎，當年那個代表學校參賽，從未取得名次的鄉下孩子，趕了幾年路，似乎追上了一些，佳作，天哪，竟然有評審願意給我佳作。我開始參賽，陸續得了一些獎，實質獎勵就是獎金，可拿來繳學費。

畢業後服兵役，軍中生活宛如每天被迫吃苦瓜青椒，生吃沒任何調味，文字就是當時唯一的糖。新兵訓練，我答應連隊寫一篇短篇小說，參加國軍文藝金像獎。書寫需要空間時間，他們給我一張桌，我的職責是創作，以及整理連上所有的新兵自傳資料，因此我發現站我左邊的有殺人前科，前方的曾因性侵入獄，學院裡根本遇不到這些人，我跟他們要故事，他們大方給。小說得了第一名，獎金其次，最甜的糖是榮譽假。寫作、演講比賽公文來，我都點頭參加，我服役期間有兵逃有兵死有凌虐，熊熊篝火焚去純真，只有文字是棉花糖，讓我在火上烤著吃。

我繼續趕路，想多嚐點文學獎的甜。除了有歷史的文學獎之外，我這一代的寫手，剛好遇見各縣市文化單位開始編列文學預算，舉辦在地文學獎，寫作者可南北征戰。對我這個趕路的人來說，文學獎是磨刀，也是寫作紀律的養成。寫作者必須挪出一段時空，在截稿前專心完成一篇文，寄出參賽。對我來說，寄出作品，就是寫作者的完成了。得獎是煙火、粉底、美衣、匾額，燦爛見世，卻不是必須，沒有得獎火花，創作者依然活著寫著。為獎願意走一段寫作路，廣邀殭屍住進肩膀脖子手腕，作品列印，心裡悶很久的雷都在紙上響，那是完成，實踐。

因為獎，出版社看到我，得以出版書籍。出版之後卻依然覺得匱乏，焦慮，擔心沒人買，講座怕空城，簽書會就怕只剩自己。我來自吵鬧的十一口大家，全家嗓門都大，所以再吵的環境我都能入睡。我習慣的灶腳是大鍋熱火，大人唇舌擊鼓，孩子擠著爭食。我終於成為島嶼文學的微小成員，卻發現文學的灶腳裡火冷粥稀，實在是沒幾口熱飯肥肉，好多人說文字烹煮盛世已過。幾個文學獎停辦，副刊點閱率低，書難賣。

天暗冷火稀微，我依然拿著文字棉花糖烤，慢慢烤，久了總會飄點焦甜美味。我發現，同輩的寫作者也在烤，火的條件再差，許多創作者還是有辦法烤出一大塊多汁的肉排。我一路上結識的文字創作者，沒有人停筆，這路途沒清楚路標，但文學裡，我們都沒有失散。於是我終於懂了，放鬆一些，釋放肩膀裡的殭屍。進文學灶腳根本不是為了吃肉，只想吃肥肉香雞就別進來，這裡火候小，空間窄，但，可慢燉雋永的湯。

此刻的我，依然匱乏，繼續趕。但現在的匱乏不再是知識上的短缺，而是我知道我身體裡某個部分天生缺了，寫作時，那塊缺就會長出一點。這是自我修補的過程，所以就算稿費版稅微薄，就算寫了那麼多年未曾被列入值得期待的世代寫作名單，就算終於得了文學獎首獎收到出版社想合作的郵件，對方稱我「恩」「鴻」，就算我在某高中對著五百同學演講請認識我的人舉手，只得到一隻膽怯的手，就算簽書會上有讀者拿著與我同名的作者寫的人格分析書籍請我簽，就算《雙面薇若妮卡》依然被我拿來助眠，就算同世代的作者已經寫出厚重大作姿態扛鼎，而我只是那個寫過柏林什麼指南的那個誰想不起來，就算，就算，就算，我還是要寫。

話還沒說完，甜還沒嚐完，路還沒趕完。

陳思宏永靖童年照。

渾身是勁的凱文

Warum heißt du Kevin？是我在德國常遇見的問句，「為何你的名字是 Kevin？」我來自臺灣，明明有個中文名，為何還多了英文名？要回答這問題，我必須重回國中二年級，從凱文．貝肯（Kevin Bacon）說起。

我來自彰化永靖，一個封閉保守的小鎮，我就讀的永靖國中，與當時島嶼千萬個中學一樣，有「能力分班」制度，入學時學生必須接受智力測驗，以成績分配班級。我之前從沒做過智力測驗，面對考卷一臉傻，結果成績約莫是「笨蛋」等級，被分配到一般班級。我在一般班級每天都很開心，這裡不注重成績，旁邊同學說他是乩童，後面的同學說他爸是黑社會老大，有同學親嘴戀愛，總是有笑聲，或許大家都知道我們身處體制裡的最邊緣，若再互相推擠，就墜崖了。隔壁，就是所謂的「好班」，大家口中的「A^+班」，從來沒有笑聲，高壓控管，聽說每天都有一大堆考試。暑假結束，我升上國二的第一天，被學校通知收拾書包，因為我文科成績良好，必須轉班，進入隔壁的升學班。

在臺灣學英文，幾乎每個人都會取個英文別名，好班的導師是英文老師，規定每個同學都要取個英文名。我記得她給了我三個選擇，我毫不猶豫選了Kevin，因為開學前的暑假，我才剛看了歌舞片《渾身是勁》（*Footloose*），凱文．貝肯在片中跳舞的風采太迷人，我也想要當凱文。

小鎮保守緊密的社群讓許多人覺得安穩，我卻覺得窒息。我的喘息，就是錄影帶出租店，我是常客，VHS錄影帶裡的電影給了我許多遙遠卻美好的遠方想像。那個夏天我特別愛看歌舞片，邊看《閃舞》（*Flashdance*）、《火爆浪子》（*Grease*），邊扭動身體，父親看了直搖頭。我看最多次的就是《渾身是勁》，凱文．貝肯飾演來自大城芝加哥的Ren，隨母親搬到純白人的鄉下小鎮，這裡保守勢力當道，不准播放搖滾樂，跳舞是違法。Ren一身叛逆，決定挑戰當局，終於突破防線，在片尾辦了一場高中畢業舞會。繽紛亮片紙屑噴灑，年輕人隨肯尼．羅根斯（Kenny Loggins）的暢銷舞曲〈*Footloose*〉，放肆起舞。

長大後，我買了《渾身是勁》藍光重看，才發現，原來當年我那麼渴望自由，我想當凱文，因為身體裡偷偷密謀叛變。《渾身是勁》其實是一部非常離經叛道的電影，鎮上以牧師為首的保守勢力，打著宗教的旗幟，踩著人們的集體傷痛回憶，禁止孩子們玩樂跳舞。學校教導的書籍需要控管，圖書館裡不符合保守教義的必須焚毀，搖滾舞曲被視為毒藥，年輕人們身體騷動，卻只能壓抑。幸好有Ren這個外來孩子的介入，他熱愛跳舞，一身城市複雜氣息給小地方帶來震撼，他被揍被打壓，仍繼續反抗。電影裡女主角 Ariel 的爸爸就是頑固的牧師，但她拒絕服從，探索性，主動追求心儀的男孩，熱愛舞蹈，等著離開小鎮的那天。她鼓動 Ren 叛變，也釋放了自己禁錮的身體。

我轉班之後，就進入了駭人的體罰地獄。這位英文導師奉行體罰，禁止任何玩樂，成績是唯一準則，班上沒有笑聲，青春沒有舞蹈。我以前在一般班級，總是把租來的錄影帶帶去學校與同學分享，轉入好班之後，這位導師隨時翻開我們的書包，若查到任何與教科書無關的「雜物」，教鞭伴隨辱罵甩過來。她奪走了我們的青春，我們不再擁有身體的自主權。我不夠強大，無力變成獨舞的凱文，常有自殺念頭。

《渾身是勁》藍光版收錄了凱文·貝肯的最新訪談，回憶拍片點滴。他說，當時的角色髮型、造型，就是參考《警察合唱團》（Police）時代的史汀（Sting）樣貌。我突然想起來，國中時我拿姊姊買的史汀個人專輯《*The Dream of the Blue Turtles*》錄音帶，給小鎮上的理髮師看，說我就想要剪成那樣子。

怎麼可能，有髮禁啊，推刀貼著頭皮剷除髮絲，剪去了我的自由奢望。

所以我叫陳思宏，也叫凱文。我花了很大的力氣，離開了小鎮，奪回我的身體。此刻，我正隨著《渾身是勁》主題曲搖擺，我要當凱文，活下去，一輩子叛逆。

渾身是勁的凱文。

攝影：Achim Plum

泳褲

你的泳褲、泳衣，長什麼樣子？

我這輩子第一次游泳，是國二升國三的暑假，地點是彰化縣永靖鄉的永興游泳池。我當時身處體罰高壓升學班，暑假根本是假的，每天都要去學校上課考試。班導師翻我們書包，讓全班投票選出「我最討厭的人」然後在黑板上計票，盛夏青春滾滾騷動，我們卻因為成績被鞭打辱罵，死背單字與方程式，身體不識自由。暑期輔導的課程安排其實有體育課，沒被挪用考英文單字，表示專制者清楚久坐的孩子們需要身體律動，否則未經任何調節的身體一旦爆炸，當權者不知如何收拾。此時，體育老師突然宣布：「下週體育課，我們去游泳吧！」

永靖是個小地方，卻有個設備不錯的永興游泳池。永靖無河川無湖泊，孩子沒有親水的機會，我媽常告誡我「水裡有鬼」，報上刊登溺水事件，游泳牽扯到鬼與死亡，全班只有零星幾個孩子有學過游泳。

聽到要游泳，大家都各自偷偷焦慮。我們都清楚游泳池有救生員，不會游泳應該也淹不死，就算水裡有鬼，救生員應該也練過驅魔功夫吧。最令人恐懼的，就是泳褲與泳衣了。身體禁錮年代，女生們怕泳衣，因為就算款式保守、這裡墊那裡墊，泳衣就是貼緊皮膚，於是胸臀肚都不得不展露，想到要在班上男生前面穿上泳衣下水，女生們手心洪水。臭男生們難道就不焦慮嗎？女生怕胸小，男生也怕雞小啊，剛剛發育抽長的身體，穿上貼身的小泳褲，就怕被小看。我第一件泳褲款式是四角貼身，深藍色，我穿上在房間裡照鏡，前看後照，怎麼看都覺得不夠雄偉。

那天，我們全班一起騎自行車，從學校出發，去永興游泳池。一路上大家嘰嘰喳喳，從高壓升學地獄短暫逃脫幾小時，大家臉上都有笑容。只是抵達游泳池之後，焦慮就悄悄蔓延。真的要換上泳衣了，真的要下水了，怎麼辦，別人要看見我的身體了。尷尬更衣，包著大浴巾，快速衝入池裡，男生一池，女生一池，水給予掩護，只要不出水，身體就不會被看見。那個夏天，我學會了踢水，偷偷看別人的身體，怕自己，也怕別人，身體真是可怕的東西啊，雞雞不夠大，肚子卻好大，沒人跟我們說要喜歡自己。就當我覺得身體開始有漂浮、前進能力時，導師下令，不准再去游泳了。她當然沒給理由，她只是發現我們似乎好開心，要考試升高中，怎麼可以開心，當權者聽到笑聲，馬上伸手掐。

國中畢業的暑假，爸媽把我交給遊學團，去美國佛羅里達參加夏令營。校園臨湖，還有游泳池，騎馬射箭說英文我都不怕，最讓我崩潰的就是游泳課。第一堂游泳課，夏令營的老師介紹我出場，我就穿著一條在臺灣新買的三角緊身游泳褲出場，美國老師開心地大聲宣布：Today we have a new friend from Taiwan……然後他看到我的泳褲，突然就語塞哽咽。全場的美國男孩，都穿著及膝的寬鬆海灘褲，only 我，這個剛從臺灣來的夏令營新學員，竟然穿著輕、薄、短、小的三角小泳褲。而且，我那條小泳褲是紅色的。

我已經忘了我是怎麼度過那崩潰的泳褲時光，我只知道，當天我火速去買了合乎美國風土民情的寬鬆海灘褲，幾個美國男孩，才開始跟我說話，問我會不會李小龍功夫。

我當時還不會游泳，面對從小游泳的美國孩子們，我在游泳池裡至少還可以踢踢水，擺個身體姿態，用冷酷掩飾恐懼。但游泳池太小，無法滿足孩子們的身體探險，隔幾天，游泳課移師校園旁的天然湖泊，美國老師一吹口哨，大家噗通噗通跳入水，目標是河中央的木板浮島。我傻，竟然也逼自己噗通下水，結果當然沒兩下就呈現溺水狀，浮島上有個教練發現我馬上正在免費湖水喝到飽，快速跳入水來救我。他是專業的救生員，從後方抓住我，溫柔地跟我說 relax，just relax，我混亂中抓住他的手臂，任他帶我游回岸上。

只是，我隨即發現，我混亂中抓住的，根本不是他的手臂，其實是他的，嗯，雞雞。

救生員並沒有把我的手打掉，也沒有表示任何不悅，還一直跟我說 relax, you are fine。最尷尬難為情的分秒，或許最上策就是維持原狀，所以我竟然也沒鬆手，彷彿一放手，這事，就會被說破。全程，直到岸邊，我都抓著他的，嗯。

岸邊，終於鬆手的我，發誓這輩子再也不游泳。無端被我騷擾的救生員，拍拍我的肩膀，確定我沒事，才游回湖中浮島。

我只能對著這位年輕大學生的背影輕聲說：SORRY。

接下來的夏令營游泳課，我都把自己關在宿舍裡。

高中三年，我不肯接近游泳池，去墾丁海邊也只是踏浪幻想自己是《惜別的海岸》MV憂鬱男主角。沒想到考上輔大，大一體育課，竟然規定又要游泳。當時我想到游泳，在美國的心靈創傷就讓我肢體僵硬。當時我好羨慕班上女生，她們只要說「老師我那個來了」就可以在池邊聊天。大一的我，對自己的身體已經比較舒坦了，泳褲大方穿上，只是入水依然恐懼。班上的韓國僑生 Brenda 看我笨拙踢水，身體要浮不浮，說要示範給我看，她如魚閉氣潛水，完全不浮出水面在水中恣意快速前進，然後一個水中翻筋斗，游回來說：「看！很簡單啊！」

我跟七個姊姊長大，進入英文系讀書，班上幾乎都是女生，泳池裡也都是女生，跟女生／身們在一起，我就是自在，於是，游泳課不再是創傷。大一那年，我終於學會了水中前進，還有江湖傳說中的水母飄神功。

我這隻永靖來的笨水母，飄啊飄，後來飄到了德國。德國人問我：「臺灣是島，那大家都一定很會游泳吧？」我搖頭，島國很多海岸並不適合游泳，至今很多孩子都沒有機會學習游泳。到德國的泳池，會發現大部分的人都是抬頭蛙，頭一直在水面上，身體在水面下輕鬆蛙式。我是個沒有泳鏡、腳踏不到底就會驚慌的笨水母，在人工泳池裡還可自在來回，一旦到了德國的自然湖泊，所有的創傷記憶又回來了。德國人提醒我，你明明就會游泳，為何身體在湖裡海裡就一臉驚恐？我要怎麼解釋，我身體裡住了水鬼呢？的確，在人工泳池裡我可以開心游，但泳池幾乎有管理人員，溺水機率並不高，真正遇到需要自救的狀況，一定都是在踩不到底的水體裡，無法在這些天然的環境裡游泳，其實根本不算是會游泳啊，我到底在怕什麼？

我對自己誠實：我懼怕自己的身體，我根本不自在。

我決定逼自己，衝破界線。德國的天體文化稱為「自由身體文化」（Freikörperkultur，簡稱ＦＫＫ），幾乎所有溫暖都是男女裸湯共浴，很多湖邊海邊沙灘都有設置ＦＫＫ海灘，其實是很普遍的全民肢體文化。男女裸湯共浴這事，以我這個臺灣人的身體來想像，起初當然是完全無法度量，怎麼可能，怎麼可能，男生女生都一起脫光光一起在烤箱裡！還甚至一起在按摩池裡泡水！但幾次之後，我的身體就迅速接受了這樣的身體文化。我發現這樣的身體文化，其實是非常自在的天然狀態，不遮掩，全敞開，不分性別年紀種族，不是「性」，就是回到人最簡單的身體本質。然後，我挑戰ＦＫＫ海灘，當整個沙灘全部都衣不蔽體，原來是一種極為放鬆的肢體狀態。願意在陽光下展露全部身體的人們，程度上一定都與自己的身體有了諒解甚至和解，舒坦，無畏懼。我裸泳，天然無氯的湖水或海水把我完全包覆，自由，真的，對於我這個於保守身體社會出產的身體，裸身游泳讓我嚐到了自由，徹底的自由。我裸身往湖心游去，這次，我終於克服了我的美國溺水創傷，我終於會游泳了。

擺脫身體的恐懼，我也不再懼怕泳褲的款式。三角、四角、海灘褲，各種款式我都有，隨心情穿脫。每次臨到夏天，德國雜誌上、電視上、健身房裡，就會一直不斷出現這幾個單字：「比基尼身材」（Bikinifigur）、「沙灘身材」（Strandfigur），告誡大家，夏天到了，想要穿上比基尼嗎？想要在沙灘上吸引目光嗎？趕緊節食！趕緊腹肌運動！

這時候我就會想到一張在網路上流傳的照片，圖片上說：「如何擁有沙灘身材呢？」

How to have a beach body?

第一步：有個身體。Have a body.

第二步：去沙灘。Go to the beach.

是啊，身體千百萬種，為什麼一定要六塊腹肌、苗條火辣，才是所謂的「沙灘身材」呢？下垂的、有紋路的、有橘皮的、胖的、多毛的，各種真實身體狀態，在主流身體定義下，都不是美的，都需要遮蓋，都需要改造。其實，沙灘上最自在的，往往是最普通、最不雕飾的真實身體，那些六塊肌反而時時要擔心角度與光影。如果你有六塊肌，身材就是時尚界會採用的泳裝模特兒，拍拍手。但，普通人請給自己掌聲，在沙灘上對自己這時候我就會想到一張在網路上流傳的照片，圖片上說：
「如何擁有沙灘身材呢？」How to have a beach body?

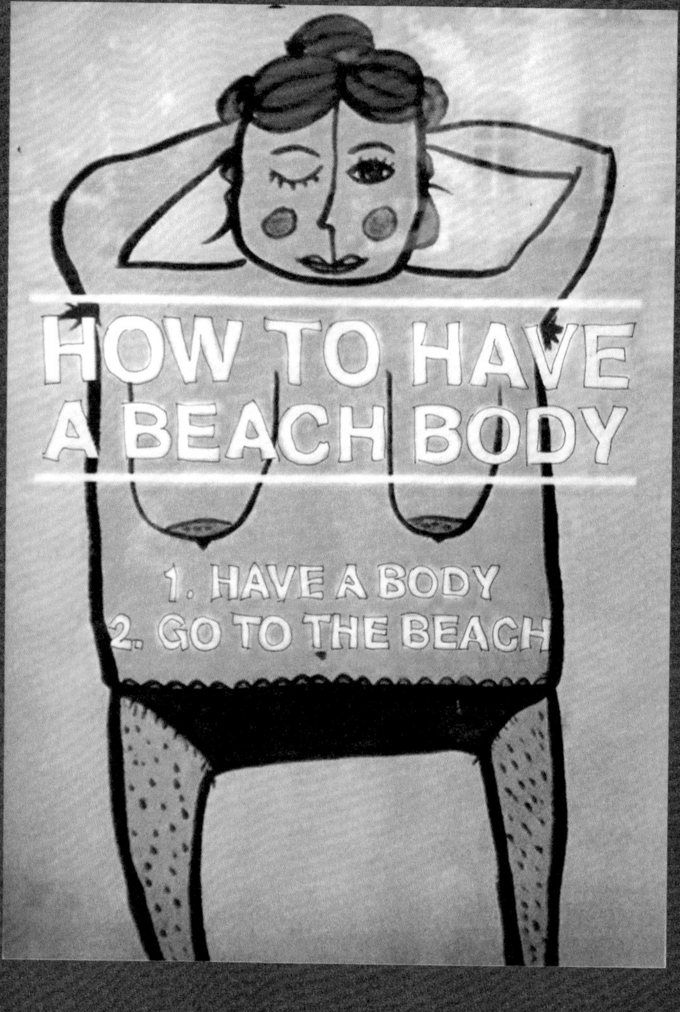

的身體說：你辛苦了，今天，我們都放過彼此吧。

托馬斯·曼（Thomas Mann）在《威尼斯之死》（或譯《魂斷威尼斯》）裡，以極優美的德文，寫下霍亂侵襲的水都裡，慕尼黑作家對波蘭精緻男孩 Tadzio 的美感迷戀。托馬斯·曼花費很多力氣描寫男孩的完美，其中包括男孩穿著的條紋泳裝。

托馬斯·曼於德國北邊呂貝克（Lübeck）出生，此城靠波羅的海，是泳客的盛夏度假勝地，在他的書寫裡，可以找到很多關於海邊游泳度假的故事。我非常喜歡德國北部沿海的沙灘，例如托馬斯·曼在巨作《布登勃洛克家族》（*Buddenbrooks*）裡，提到的特拉沃明德（Travemünde），就是我夏天很喜歡去度假的波羅的海小城。

德國北海、波羅的海的沙灘有個特產，就是「沙灘蓬椅」（Strandkorb），這種沙灘座椅可容納兩人，以籃子編織手法製成，可遮陽擋風躲雨，有可收納的小桌子，非常舒適。我總是在抵達海灘的第一天，就去租個沙灘蓬椅，結完帳就可以拿到小鑰匙，然後按照編號，去找自己接下來一週每天都會使用的沙灘蓬椅。拿小鑰匙打開蓬椅，在裡面換上泳衣（或者脫光），調整倚背傾斜度，閱讀、吃食、聊天、聽音樂、睡覺、上網，隨時跳入海裡游泳，直到日落，把蓬椅鎖上，結束海灘的一天，隔天再來。一週後，把鑰匙還給租賃單位，跟這片沙灘道別。

我心目中最理想的海灘的一天，氣溫大約攝氏二十八度，微風撫摸身體，沙灘上有男有女，各種膚色，各種年紀，各種泳褲，千百種身材。大家自在地享受沙灘海水陽光，接受自己的身體，不批判別人的身體。共存，尊重，包容。

很多人喜愛指責別人的身體，說別人太胖了太寬了太小了太鬆了，訕笑自得。這些針對別人身體發言的人，其實只是過於大方展示他們過於狹窄的心室。

海很寬容，收納各種身體、各種泳褲、各種缺憾。

不管你會不會游泳，不管你的泳褲泳衣長什麼樣子，不管你的身體形狀為何，讓我們一起去海灘，笑著，手牽手，讓海，溫柔接受我們。

我要變成外國人

回彰化永靖老家整理舊物，發現國小的日記。那些日記並非嚴謹的每日生活反思、紀實，而是鬆散的隨寫，字跡潦草，語句不通順。閱讀自己的童年書寫，很多散亂的句子意外喚醒記憶，小時的影像從腦子深層被挖出來，這個句子掘出我的五官，那個句子抓出我的身體，忽然一個細瘦的過動鄉下孩子站在我眼前，揮手打招呼：「你好，我叫做陳思宏，就讀永靖國小三年級。」

我在某一頁這樣寫：「我好想好想好想，變成外國人。」

啊，是啊，我都忘了，我曾經好希望變成外國人。

當時臺灣電視只有三臺，大部分都是本土製播的節目，也有一些美國影集。我非常喜歡陪姊姊們一起看美國影集，當時進口的影集都是配上國語，白人演員說著國語，其實我根本看不太懂劇情，就是跟著姊姊們一起笑。那些美國影集，把美國的城市風情拍得非常繁華，高樓華屋，人們衣著入時，出入開著跑車，髮色金亮或者棕褐，眼珠有藍有綠有褐，藍天下徜徉，沙灘上追逐。影集裡的美國風情畫，自由奔放，看著看著，我竟然就想成為他們一份子。因為，影集裡的一切，永靖通通都沒有。

我想當外國人。

當年我只是個鮮少有機會離開鄉下的孩子，對於人種、膚色沒有概念，心中所謂的「外國人」，其實就等於是我自己幻想的美國人。

我希望自己的皮膚變白，如同電視影集裡的那些主角

一樣。姊姊們喝綠豆白薏仁湯，說是為了美白，我狼吞虎嚥，三碗下肚，期待一覺醒來，我這鄉下野孩子黝黑皮膚，就會閃閃發白。

我希望自己髮色變淡，最好能閃亮如黃金。姊姊用過一次就嫌香味太重的洗髮精，被我拿來每天洗。罐子上面就是個金髮模特兒，我明明好討厭那過於濃郁的香味，還是拿來洗髮。我相信，洗啊洗啊，我就會把自己洗成像是洗髮精罐子上面那模特兒，金髮如波浪飄逸。

眼睛的顏色是最大的挑戰，當年哪有什麼瞳孔變色隱形眼鏡啊？於是我去翻媽媽跟姊姊的飾品櫃，找到一副鏡片是藍色的太陽眼鏡。我是個讀書不認真的小笨孩，腦中充滿各種無知的自我推論。我相信，我就戴著這副眼鏡去看太陽，看久了，太陽就會透過藍色鏡片，把我的眼珠染藍。

我想要變成外國人，因為我當時天真相信，這樣就可

以坐飛機到處去旅行、會說英文、牙齒特別白。

日記裡沒有清楚記載我的變身實驗何時結束，但似乎那個夏天過去之後，我完全忘記了想要變成外國人這件事，我開始迷戀外星人，每天幻想著乘坐外星人的幽浮去外太空旅行。

我那些妄想當然是失敗了，皮膚沒變白，髮色沒變淡，眼珠的顏色依然。長大後，我坐飛機去了很多地方旅行，遇過各種膚色的人種，對世界依然充滿好奇。幸好，我當年的那些變身實驗都失敗了，我沒變成「外國人」。最終，我選擇了當我自己，喜歡自己的膚色，珍惜自己的出身。

變成自己，當自己，最自由。

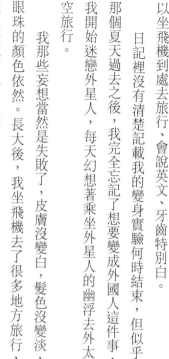

書本、電影鑄成的盾牌

一九九三年二月，李安的《喜宴》在柏林影展得了金熊獎，島嶼沸騰。我當時是彰化高中高二生，毫無身體自主權，唱空洞的軍歌，背書考試，穿很醜的制服，髮型照規定剪，三民主義老師在講臺上大聲說：「愛滋病是上帝對同性戀的懲罰。」我確定自己是同志，呆板學校沒有任何性別教育，身體尷尬，胡亂暗戀，數理白痴，常有傷害自己的念頭。

窒息年代，幸好，有書，有電影。

這年二月，李安、馮光遠合著的《喜宴》電影劇本書出版。馮光遠在這本書裡說了電影故事原型，在附錄裡介紹了美國同志平權團體。書中有大量的電影劇照、拍攝花絮，其中一張照片，李安帶著演員金素梅、趙文瑄參加紐約同性戀驕傲週遊行。我怔怔凝視照片，「驕傲」這兩字在我腦中火山。我這個彰化鄉下孩子第一次讀到，同性戀可以「驕傲」，甚至能「平權」。這部我當時還沒看到的電影，題材是「禁忌」同性戀，卻在柏林得了大獎，已經絕版的《喜宴》劇本書照片，其中有演員的親筆簽名。

▲李安和林良忠一起研究一個鏡頭。

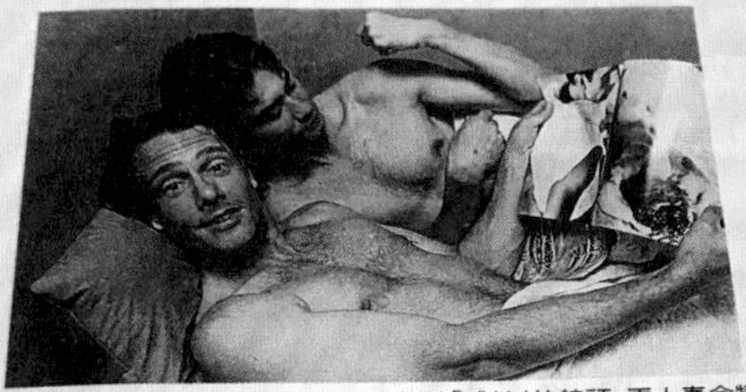

▲劇情裏需要趙文瑄和米契爾一些較「感性」的鏡頭，兩人奉命犧牲些許色相。

▲金素梅抵達紐約之後，正巧碰上「同性戀驕傲週」的大遊行，李安便率金素梅和趙文瑄參加此遊行。

原來這世界根本不是傲慢的三民主義老師，要活下去，我必須往外尋知識。

這年，湯姆．漢克斯（Tom Hanks）以《費城》（*Philadelphia*）的同志律師角色，獲得奧斯卡最佳男主角。我在數學課上讀《孽子》，開始試著寫小說。寫作是自我辯證，我在日記本上亂寫很多同志小說，越寫越坦然。幾個月後，我終於看了《費城》，坎城影展傳來消息，《霸王別姬》得了金棕櫚獎。

金熊獎得主《喜宴》終於要在臺灣上映了，導演、演員隨片首映，同志電影登上臺灣報紙頭條。在臺北的S打電話跟我說，要去西門町參加首映，我的身體卡在彰化，無法北上，只好央求S，再幫我買一本《喜宴》劇本書，拜託，請幫我要簽名。

臺北《首映》過後，S把書寄來彰化，書一翻開，有李安、郎雄、歸亞蕾、趙文瑄。S在電話上重播那天的奇幻：西門町中國戲院（已拆除，如今是商業大樓）首映典禮，塞滿熱情的觀眾，他不斷把書遞進演員休息室，書經過無數陌生人的手，再傳出來，書頁裡已經有李安。S帶兩本《喜宴》去，導演、演員都留下親筆，一本給我。

我捧著書，看著簽名，遺憾身體的不自由，我竟然無法參加首映。我受不了了，我想去臺北。

《喜宴》全臺上映，我在彰化破舊的老電影院看，不斷發抖，忽然，感覺驕傲。銀幕上的趙文瑄與米契爾．利奇登斯坦（Mitchell Lichtenstein），讓我覺得不孤單。原來這世界有包容，有諒解，有和解。

回看一九九三，那是我個人覺醒年。《喜宴》、《霸王別姬》、《費城》看了很多次，我放棄教科書，讀了陳若曦的同志小說《紙婚》（後來臺視拍成單元劇），把白先勇所有的著作都讀完。學校無法給的，我在沒有網路的年代，透過閱讀找到了很多。一九九四年，《荒人手記》、《鱷魚手記》出版，考大學壓力海嘯，我很努力閱讀這兩本書，智識有限，根本讀不懂，但閱讀的神奇力道有時不在「懂不懂」，文字迷霧中摸索，黑暗下水道匍匐，幾句文字捎來光芒。

曾有同學笑我娘娘腔。曾有人罵我變態。老師持續在臺上宣揚偏狹。聖誕節去教會「報佳音」，卻聽到講道人說「同性戀下地獄」。刀劍砍過來，我發現我完好，原來，我有盾牌，以書本、電影鑄成。我這個被壓迫者從文學獲取了能量，面對無知，我有能力抵禦。

但終究我是渴望愛的蒼白少年，我胡亂投射情感，沒有任何回音。我覺得自己面容醜惡，沒人愛沒人理，脆弱時刻，我就打開S寄給我的《喜宴》，看著李安的簽名，忽然我就有了微弱力量，撿拾被擊碎的自己。

一九九四年秋天，我終於來到了臺北，輔仁大學英文系課程裡，我們閱讀性別、同志文本，學校是守舊的天主教，但師生多元繽紛，我終於不再覺得自己醜惡。「演說與辯論」課堂上，我們以英文辯論「婚前性行為」，我抽到正方，我對著所有同學說：「同性戀不能結婚，如果結婚才能有性行為，請問是要所有同性戀禁慾嗎？」沒人能回應我的呼喊，但我知道，我「驕傲」了。

英文系裡，異性戀、男女同志都自在相處，我們一起莎士比亞，絕不錯過金馬影展的同志片。我在輔大圖書館裡找到周華山的《同志論》，輔大校方至今仍未來到二十一世紀，頻頻發出恐同言論，我猜他們很可能從不閱讀，從不上圖書館，因為圖書館書架上，滿滿的同志平權書籍。當年輔大校園裡就有保守社團在校園裡疾呼「守貞，真愛」，但那攤位孤單，大家忙著青春忙著開心，沒空理

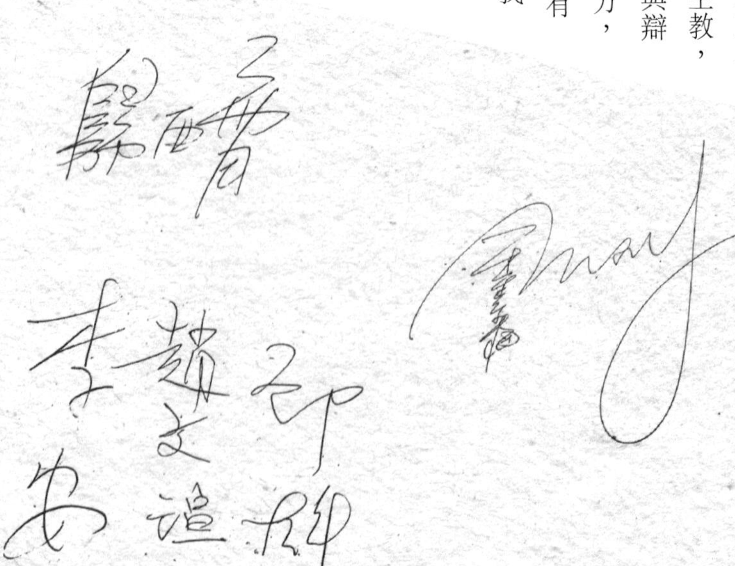

會偽善。學院裡，我不再是那個偷渡知識的高中生，我戀愛，失戀，哭，笑，坦白。驕傲，有盾牌。

還想說兩個小故事。

二〇一五年，飾演《喜宴》男主角 Simon 的米契爾．利奇登斯坦，帶著他執導的電影《安吉里卡》（*Angelica*）來柏林影展參加「電影大觀」（Panorama）單元。我剛口譯完一場觀眾對談，他忽然走進記者採訪室，我和他只距離一公尺。我忽然好想好想跟他說謝謝，謝謝他讓我驕傲，謝謝他讓我活下來。我終於忍不住輕聲說：Thank you, Simon. 他似乎聽到了，回頭，表情困惑。我掉頭就走，當年無法去臺北的遺憾，在柏林，完滿了。

二〇一四年，我在臺北巧遇當年我暗戀的男生。寒暄，咖啡，笑彼此肥。我說我的柏林，他竟然說我的書他都有買，還指出了哪本有錯字。他這幾年歷經離婚官司、經商失敗，超過半年沒見過兒子了，新女友正在逼婚。道別時，我說：「對不起，當年，打擾了。我真的不是故意的。」我的道歉太過突然，他眼神驚慌，沉默。

幾個月後，我在柏林收到他的 Line：「不，謝謝你。」

公車

訪倫敦卻完全沒搭地鐵，對自己說搭紅色雙層巴士才能深入倫敦羊腸窄巷，許多地鐵站深入地底卻毫無電梯，扛行李上下樓梯窘迫，狼狽模樣鐵地當不成優雅英倫紳士。實情是小氣症發作，地鐵一日票十二．三英鎊，公車一日票五英鎊，假紳士真窮酸，屢過地鐵而不入。

五英鎊果真超值，倫敦公車線路完整，雖然常塞車，但再冷僻的城市角落都有站牌，善用手機軟體，便能尋得合適路線。紅色雙層巴士不斷進化，新一代的公車外型線條舒坦，座椅舒適，我喜歡爬到上層，搶坐第一排，遊倫敦最佳視野。全新的倫敦公車手機軟體能即時定位，乘客能隨時把握公車抵達時刻，省略許多苦等。地鐵不怕路面交通壅塞，當然是比較快速的移動方式，但尖峰時段人潮過多，地底毫無手機收訊，車廂過擠無法低頭讀書，窗外是暗黑的倫敦地底，車廂內是焦慮的上下班臉孔，擠一趟倫敦市中心地鐵，有深入地心冒險錯覺，一出站如吸血鬼見日光，臉上瞬間翻湧皺紋海嘯。

小時候在彰化永靖鄉下，眼中的大都會就是員林，那裡有電影院、唱片行、山葉鋼琴。我輩一定都聽過「學鋼琴的孩子不會變壞」，二姊帶我去員林的山葉鋼琴報名，冀望我這過動的弟弟能在琴房裡偷點文質彬彬。去員林學琴必須搭公車，四姊五姊教我怎麼在永靖國小前的站牌買票等車上車下車。當時的臺汽在省道上經營客運路線，是鄉野關鍵大眾運輸，學子求學、上班族通勤、阿嬤看病都必須仰賴其服務。當時路經永靖的臺汽路線從嘉義開往臺中，路途遙遠，班次飄忽，走運時一下子就等到公車，但我曾癡等兩小時，錯過鋼琴課，錯過氣質培養，長大成這般粗野，我只能怪當年的臺汽。

我從國小一年級開始搭乘這段公車，一直搭到高三。高中讀彰化高中，從永靖搭上公車抵達彰化市，車程需至少五十分鐘，我每天必須五點半起床，才能準時抵校。那公車路線蜿蜒曲折，擁擠溽臭，辛苦的車掌小姐必須每站吹哨，應付各路乘客刁難，妝容飛散，脾氣滾燙。我練就站著昏睡的祕技，若是幸運有得坐，窗外的省道風光是視覺救贖，翠綠稻田前有檳榔西施，荒地正在興建汽車旅館，已經敗選一年多的候選人還在破爛的大型看板上拜票。若是當天有數學週考，我會幻想自己故意過站不下車，就坐到底站，把過重的書包與醜陋的制服留在車上，隱入陌生都市重新做人，再也不回永靖。

上大學，身體渴望都市，志願當然填臺北。想不到輔大其實是臺北邊陲，工業區風情，人終於到了臺北，卻不在臺北，進城必須搭公車。當年沒捷運，到東區逛街要搭二九九，到臺大公館要搭二三五，路上壅塞，空氣灰黑，天空陰霾，忽然想念永靖田野，不是才剛剛叛逃？怎麼忽然在擁擠的臺北高架橋想起家裡的老狗。有次週末搭二九九進城，塞了三小時才抵達忠孝東路，天長地久有時盡，這公車名副其實。

搬到柏林之後，德國公車的準時讓我驚駭，若沒事故、異常塞車，德國大城小鎮的公車幾乎都很準時，站牌上寫一〇：二三抵達，公車一定分秒不差停靠。我不開車，只能仰賴大眾運輸，地底捷運窗外無雪無樹，我依然較喜愛搭乘公車，廉價且視線開闊。我最喜歡搭乘行經高級路段與貧窮社區的公車，富貴與貧窮都一起擠公車，車廂裡眾生短暫平等。倫敦公車也常見高級羊毛西裝的紳士與鬧酒的工人共乘，高等或低階都挨著擠著。

十八歲那年夏天，我第一次來到倫敦，晚上搭紅色雙層巴士去看音樂劇。途中我沉沉睡去，錯過劇院匆匆下車，獨自站在陌生喧鬧街道，路標寫皮卡迪利圓環（Piccadilly Circus）。閃爍霓虹淹沒我的視線，各色人潮把我推向更陌生的街角，音樂劇快開演了，我卻不知道該往哪裡去。

終於，我抵達了繁華大都。我知道，我再也回不去永靖了。

倫敦公車。

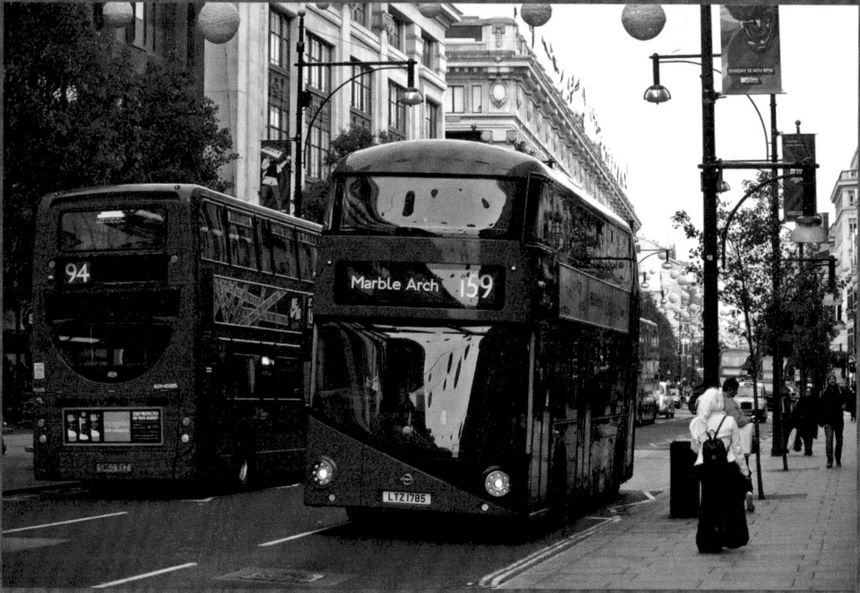

火車站

永靖火車站是我記憶中第一個火車站，無售票口，無服務人員，月臺冷清，只有最慢的列車才停靠。永靖火車站附近是農村園圃，火車沒帶來繁華，附近茂盛的是稻田蕉園，還有路邊囂張的牽牛花。中學後我的身體移動範圍擴張到員林、彰化火車站，此兩車站進站乘客多，周遭發展成熱鬧商圈，我這鄉下人一下車，身上明明還有泥巴味，卻只想鑽入霓虹，佯裝有都市魂。金石堂書店買書，山海山唱片行買錄音帶，肉圓配豆腐湯，一大包鹽酥雞，解身體對城市的渴。我幻想長大後住火車站旁，有書、音樂、肉圓，足矣。

到臺北讀大學，臺北火車站滿足了我的繁榮想像，重慶南路上書店密集，騎樓有阿伯販賣歐洲藝術電影ＶＨＳ，一大早有阿婆在路邊賣極美味的飯糰。我留在永靖老家的眾多藏書，上面幾乎都寫「購於重慶南路」。

長大後實現小時夢想，一直往遠方跑。每次抵達新城市，火車站依然是我必遊之地。

德國許多大城火車站，摧毀了我對德國的天真想像。法蘭克福火車站附近性產業發達，多元族裔共存，我下榻的飯店隔壁就是脫衣舞酒店。出門用餐，我多次被皮條客拉住，我不禁趕緊照鏡，確認自己是否一臉飢渴。又走幾步路，這次是街頭毒販兜售古柯鹼。當兵時，我曾在高雄火車站被機車阿伯擋下：「少年仔，鬆一下啦。」我搖頭快步往前走，阿伯機動性高，催油門跟上：「學生軍警打折啦。」我丟出狠話：「我尬意查甫。」阿伯機車忽然熄火，七月半見鬼。我心想終於擺脫他，放鬆逛大街，想不到他又追上：「我會當安排。」我拔腿狂奔，換我見鬼。

我曾在漢堡火車站目睹酒鬼鬥毆，有人在我面前拿起針筒往手臂注射，易北河吹來一陣寒風，漫天垃圾飛舞。後來漢堡火車站播放古典音樂，巴哈音符奏效，據說成功驅趕不少毒販與酒鬼。我之前對德國的印象非常平板，以為日耳曼國度整潔無瑕，火車站擊碎想像，任何都市有龍也有蛇，有明亮當然也有黑暗。

嘉義阮劇團受邀至羅馬尼亞錫比烏（Sibiu）演出臺語版的《馬克白》，演出場地離市區有一段距離，我查詢網路，發現從火車站出發，沿著鐵軌走，徒步三十分鐘便可抵達。錫比烏火車站班次少，火車站簡陋，我嗅到荒涼氣味。沿著鐵軌走，蔓草怒生，一路上都是被拋棄的舊屋、廠房，毫無人煙。我忽然踩到保險套，眼睛四下搜尋，發現更多使用過的保險套，又走幾步路，撞見正在歡愛的男女。我闖入了人家的午後歡愉，開始小跑步。跑進一廢墟，上面竟然畫滿了納粹標誌。

回程我不敢沿著鐵軌走，繞遠路回住處。我承認我身體裡有鬼，怕。小時候在永靖怕火車過站不停，在漢堡怕酒鬼，在法蘭克福怕皮條客，在錫比烏怕納粹。怕，每次回臺北都刻意繞過重慶南路。人們說，青春記憶裡的那些書店，都死掉了。

人過四十，城市裡翻滾，一身霓虹，身上不再有泥土味，純真已死，照鏡就見鬼。看自己就夠嚇人了，火車站附近的那些鬼，就先避避吧。

羅馬尼亞錫比烏鐵道。

體育課

高一暑假，我和同班好友C收到成績單，我們體育成績都是五十八分。是的，我們體育被當了。

我們的體育老師是個在中國歷經戰亂的硬漢，鄉音築有柏林圍牆，個小陽剛，對學生的體能要求很高。他要我們在籃球場上學習急停、運球之後三步上籃且必須進球，雙臂撐平行雙槓讓身體淩空上下，耐力跑五千公尺。他認為男生就是要陽剛勇猛，一定要達到他所設立的體能標準。平行雙槓前，他發現我雙臂軟弱，口爆一串話，鄉音我不懂，但辱罵我懂。於是我開始懼怕體育課，每次上課，都會面臨責罵。

果然，我們就收到五十八分的暑假禮物。

一直要到很多年後，我和這位好友，才發現我們體育根本不差。好友在北市

知名女中教書，課後熱愛馬拉松路跑。我四處旅行，都會帶雙運動鞋，以慢跑探索陌生。我們的肢體其實都協調，喜歡運動流汗。

談起當年的體育課，我和好友總是驕傲，大聲說：「你們體育課有被當嗎？我們當年五十八分！」當年我們熱愛寫作、嗜讀文學，在一個純男生的高中，被歸為異類。體育老師對於性別的想像太刻板，他認為男性只能陽剛，背脊挺直，手臂粗壯，但我們卻蒼白細弱，球入不了籃，於是賞個五十八分。當年的體育課根本沒給學生任何選擇，老師決定該上什麼，學生只能跟隨。其實我能跑，愛跳舞，誰說體育只能打籃球、單雙槓？為什麼學生不能有選項？為什麼男生只能陽剛？

很多年之後，我們才發現，運動是自由，自己選要的項目，自己為自己的健康負責，對於性別的想像根本不是只有「陽剛或陰柔」，人的模樣百萬種，都應該被尊重。就算不愛動，也是人生選項。

那五十八分是對我們身體深刻的歧視，但也讓日後的我們，更認識自己，更願意尊重他者。

#我也是

我剛讀完臺裔美籍作家李懷瑜（Winnie M Li）的小說《生命暗章》（*Dark Chapter*），就聽聞時代雜誌宣布二〇一七年的「年度人物」為「打破沉默者」（The Silence Breakers）。「打破沉默者」是一群不分國籍、種族、性別、性向的性侵害或性騷擾受害者，在社群網路上以「#我也是」（#metoo）為串連標籤，勇敢說出自己受害的故事。

李懷瑜的首部小說《生命暗章》得到了英國「非布克獎」（Not the Booker Prize），性侵題材剛好呼應當今「#我也是」浪潮。作者以親身真實恐怖經歷為底本，書寫臺裔美籍女子，在北愛爾蘭貝爾法斯特郊區健行時，被青少年跟蹤，在野地遭受襲擊，不幸被強暴。作者以受害者的身分書寫《生命暗章》，但不只寫受害者的觀點，也試圖建構加害者的生命脈絡，平行切換的敘事時空，讓讀者審視常春藤大學畢業、熱愛旅行、於倫敦媒體公司任職的臺裔美籍女子，遇上了從小無完善教育、居無定所、飽受家庭暴力的愛爾蘭青少年，兩人命運從此徹底改變。

《生命暗章》的語言直白，文字節奏快速，敘事太過清晰，少了點優秀文學作品的含蓄與曖昧。但直白是作者的敘事策略，逼讀者看清性暴力的本質。野地性侵的描寫非常清晰，我數度讀不下去，文字火蟻，咬囓全身。更殘酷的是受害者僥倖活下來，馬上通報當地警察之後，必須再度重回現場，詳述自己如何遭受暴力對待，脫衣讓警方拍攝全身瘀傷，接受侵入性的身體檢查，參與調查審判。荒謬事多，醫院告知，受害者必須盡快接受性病篩檢，才能針對投藥，但貝爾法斯特醫院的性病部門週末不上班，因此無法給予任何檢測。

書寫的確有療癒作用，《生命暗章》出版之後迴響不小，作者上媒體談論自身受害往事，眼神堅毅。

好友潔西卡即將從慕尼黑醫學院畢業，與幾位女生同學到斯里蘭卡醫院實習幾個月，順道環島旅行。我把幾年前去斯里蘭卡的旅遊書籍全部送給她，盛讚島上驚人風光，治安良好。但我的男生旅遊觀點並不準確，這群準醫生在島上的旅遊經驗充滿驚險，一路被當地男子騷擾，在街上被襲胸，有次在茶園山區，幾位男子圍住她們，眼神侵略。幸好，潔西卡跆拳道黑帶等級，她一路拳打腳踢，逼茶園男子對神發誓，再也不騷擾女子，否則一腳踢入斷崖。

其實，我也是。

身體記憶深處，總有個裝大型冰箱的空紙箱與我對望，但記憶零碎，組不出具體，忽略作罷。大學時，和好友在臺北參加催眠工作坊，我不信催眠，一直認為催眠師是神棍。忽然，雙手抱胸的我進入了某種遲滯狀態，五感撞上礁石，全身暫停了幾秒，或幾分，或更久。等我回魂，我大喊：「冰箱。」

我想起來了。彰化永靖，悶熱暑假，鄰居買了個大冰箱，紙箱不知為何一直留著。鄰居的兒子把我抱進比我還高的紙箱，解開拉鍊，要我吃他的冰棒。

但記憶就在此停滯，無法向前。我至今想不起來，之後到底發生了什麼。

我記得那位催眠師溫柔地跟我說，不一定要想起來，真的，身體選擇遺忘，請信任自己的身體。

在屏東山上當兵時，一位士官時常藉故接近我身體，抓我屁股，以開玩笑的姿態作勢要強吻。有次他爛醉，我剛好值夜班，他把我壓在牆上，我終於給了他一拳。那一拳無人知曉，或許，他自己也不知道隔天為何腹部這麼痛。那是我這輩子唯一一次出手打人，出拳後，我想起來了，更多關於冰箱的事。拳頭釋放了一些，我無法形容的糾結。

很多年以後，我把這段童年記憶碎片，寫成短篇小說〈廁所裡的鬼〉，不抱任何期待投稿林榮三文學獎，得了首獎。我一直沒說的是，小說原始的名稱，叫做〈冰箱〉。

說出口，寫下來，大聲說，我也是。

酒肆軍旅行

我不菸不酒不賭，從小循著所謂的「正軌」升學、交遊、生活，我身上有一條清楚的軌道，從未偏離，路徑平穩少阻折。

當兵，卻是酒池肉林一遭奇遇，大開眼界之餘，我的正軌受到極大挑戰，那少年的純真像一場夢，我在酒味與糞便裡驚醒，原來校園裡讀的、演的荒謬劇都不荒謬，軍隊才是一齣演不完的怪誕。

我服役的地點是海拔接近兩千公尺的空軍雷達基地，蜿蜒顛簸三個小時之後，我帶著滿溢到喉間的嘔意到達。這是一個長年被濃霧遮蔽的寒冷基地，所謂「天高皇帝遠」，高層管不到的基地，保國衛民的工作先放一旁，耽溺酒精為先。

我剛到部隊的第一天就被房間裡的酒氣沖天給逼到門外，被皺眉壓低的視線瞥到了牆角堆高如山的啤酒罐，醉醺醺的寢室學長剛剛起床，用濃烈的口臭對著我吼：「菜鳥，現在幾點了？」

當時為正午時分。

我不敢相信我的眼睛，這不是紀律嚴明、號令如山的軍隊嗎？怎麼有人可以晌午才晏起？馬上隔壁房傳來拚酒的聲音，原來山上喝酒只看心情，不管時間。

夜晚降臨，濃霧低溫從門窗滲入，十點每間寢室熄大燈，真正屬於這陣地的「活力」才開始展開。只見許多寢室打開裝滿高粱烈酒的內務櫃，「開始啦！」的呼喊聲此起彼落。

一開始我完全不知道「開始啦！」到底代表什麼，過了一陣子才知道這是一個密語口令，表示大家的舌尖開始渴求酒精的慰藉。

天冷加衣，他們則是添杯，喝酒取暖是個藉口，其實是許多人是酒精成癮。有人到廚房拿了菜就開始炒起下酒菜，夜半的廚房傳來菜刀霍霍、鍋鏟相擊的騷動，然後桌子一擺，深夜的呼呼山風遞送著杯子相擊聲，酗酒會正式開始。

這是我至今仍不敢置信的，許多人隔天必須早起上班，但仍烈酒杯杯，酒拳揮舞，大聲喧譁直至深夜。而高階長官們不僅縱容，甚至加入。我不敢相信我的眼睛，這裡是軍隊，但卻夜夜笙歌。

這裡大部分都是職業軍人，他們開心領著納稅人的錢鎮日飲酒作樂，何來《莒光園地》宣揚的「軍人的氣節」？

我很快就了解，軍人的氣節就是隔天穿著沾了酒氣的軍服上班，在工作崗位上沉沉

入睡。

在電話上跟朋友說起我的困境，他說：「你是義務役的，他們喝酒作樂關你啥事？不管他們就好了。」我聽了一度哽咽，說不出話來。

我那間寢室的原住民學長交際廣闊，他會帶著許多人進來寢室開酒會，那酒味、菸味、肉味、人味、嘔吐穢物味瀰漫在寢室裡，我胃裡總是一陣翻騰，但是我卻不能有任何表情。我不想加入，只能推說我不喝酒，會起酒疹，然後躲到公共電話旁，靠遠方朋友家人的聲音取暖。

我撐到深夜，我的寢室裡的派對仍未歇，我累了，隔天仍有一連串的菜鳥磨難，我需要睡眠，但是酒客們竟然叫我抱著棉被去別間寢室睡。

天冷，我抱緊棉被到別人的寢室睡，棉絮沾惹了酒味菸味，我不安地逼迫自己睡去。醒來，低溫向我說早安，我只是顫抖，又是一天。

我在那間寢室住了將近半年，整整半年，我無法在自己的床上入眠。

而我不喝酒的習慣卻是此陣地大忌。我起初不敢相信，後來才親耳聽見一群人說我不喝酒就是不給面子，說我挾著高學歷壓人。這攸關生存，軍中是個封閉的盒子，裡頭的遊戲規則你不玩，盒子的六面牆就向你擠壓。

每天我演著「我要活下去」，努力生存。我只能盡量以戲謔的角度看盡酒後各種醜態，

我不用二十年目睹怪現象，一年八個月就夠了。

第一個怪現象，就是喝酒文化與糞便淫樂的緊密關係。

第一次是我進浴室準備洗澡，卻異味撲鼻。我打開淋浴間的門，竟然看到一個醉漢一絲不掛跪在地上，嘴巴喃喃：「學弟，拉我起來，我喝太多酒了。」我一看，發現地上全都是排泄物，而他就跪在其中，我拔腿就跑，終於了解什麼叫作「男兒膝下有黃金」！

一直到退伍，我從來沒用過那間浴室。

不久後，部隊上演了一齣「大便DNA」的偵探劇。有人在深夜跑到視聽室喝酒，結果不僅留下啤酒罐，還有一整牆的「黃金噴畫」。

這位老兄也不知道哪裡學來的本領，也不知道是擺怎樣的姿勢，才能把體內的廢物成放射狀的方式在牆上留下到此一遊。

他還用A4的影印紙擦拭自己，整個視聽室都是染黃的紙張。單位長官極為震怒，下令使用各種方法找出元凶。某位單位長官甚至跑去問醫官，可不可以從糞便中「提煉」DNA，進而找出元凶？

我忍住狂笑的慾望，快速通過視聽室，幾個剛剛報到的新兵正在愁眉苦臉地洗刷牆壁。第一次，我感謝上天我當時沒菜到那個地步。

然後是「地雷訓練」。一晚又是狂飲夜，我當時已經換到了一間不菸不酒的房間，我

十點左右便隨著熄燈號睡去。

我在午夜被外頭的喧譁吵醒，我決定起床上洗手間。隔壁房門洞開，我往裡頭一看，看到一位爛醉如泥的老兄脫了褲子就開始大便，然後邊嘔吐！其他人也醉瘋了，把那人脫光，拿起衛生紙磨蹭，說是要幫他擦屁股。

然後他們把他抬到洗手臺去，邊笑邊說要幫他清洗，結果這位老兄繼續排泄，沿路留下酒醉的證據。

我為了上洗手間，只好小心翼翼跳過他沿路埋下的地雷，我一看手錶，接近半夜一點，我不禁傻笑，原來這就是軍中的夜間地雷訓練，基本動作：掩住鼻子，眼觀地面，作兔子跳躍狀，一、二、三，跳！到終點的時候，我像個體操選手高舉雙臂，浴火重生般的感謝眾神，並且暗自決定將來加入地雷拆除人道組織。

我退伍之前，這位地雷專家再度醉到無法自制，把室友的床當作是小便斗解放，結果那位熟睡的室友在天降甘霖中驚醒。事後我看到地雷專家在清洗棉被，結果他竟然把整條厚重的防寒棉被塞入小小的洗衣機，五分鐘後，洗衣機開始冒煙，我們住的那一層樓，從此壞掉一臺洗衣機。而他竟然是個軍校生，受過「正統嚴格軍事洗禮」的職業軍人。我跟一個同梯次的朋友提起這件事，他則是告訴我他身處的機場，每天也有許多的荒謬上演。他的學長，竟然在寢室裡養雞！雞到處便溺，惡臭熏人，更可能傳播細菌，他平常

也要清掃一地的雞地雷，學長放假，他還要幫忙養雞……

這一切如同俄國哲學家米．巴赫金（Mikhail Bakhtin）所提出的「嘉年華理論」，這些軍人拋棄了軍紀的制度和羈絆，取消了一切等級、特權和禁令，盡情喝酒狂歡，一切都是一場嘉年華。而「糞便幽默」（scatological humor）則是插科打諢的調笑來源，他們把被視為私密、隱藏並且噁心的糞便，翻轉成顯現、公開的調笑來源，我親眼目睹這種拋棄上半身理性而轉向下半身狂歡的另類歡慶，這哪是在校園裡讀理論所體會得到的？

當然，朋友聽到我把一牆或一地的黃金詮釋成「對於軍隊霸權的抵抗塗鴉」的時候，大家的反應都是我亂讀書。其實，我當時只是試著用學術的思考，來幫助自己在那樣的窒息裡找到喘息的動力。

退伍前幾天，有個爛醉的學長出拳把廁所的門打了個大洞，他怕被發現，竟然跑來叫我幫他在一張紙上寫下：「喜歡廁所」，然後把那張紙貼在洞上。

我完全不知他在幹什麼，只冷眼看著我的字跡被貼在廁所門上。他扮鬼臉問我：「喜不喜歡廁所啊？喜不喜歡軍隊啊？」

我沒回答，心裡突然吟頌著李白的「少年遊」：落花踏盡遊何處，笑入胡姬酒肆中。

不，其實我的「少年遊」應該是：黃金踏盡遊何處，苦入軍旅酒肆中。

鏽粥

從德國搭華航回臺，早餐選項有白粥或烘蛋，我馬上選了粥。鄰座德國朋友想嚐鮮，也選了粥，一打開餐盒，白糊糊的粥讓他卻步，不相信粉末狀的肉鬆真的是肉，經我勸終於試一口，一臉皺。我說你真不識貨，我就是吃白粥長大的啊。

我家九個小孩，連同父母十一口，早餐是一大鍋熱白粥。媽媽或姊姊前晚先把白米洗好，用量米杯算好十杯，放進大鍋隔夜泡水。七個姊姊輪班，輪流五點早起開小火煮稀飯，削黃地瓜置入稀飯，煎十一顆荷包蛋，燙當季蔬菜。我是老么，又是男生，在重男輕女的家庭裡，我從不用早起做早餐。我通常六點醒，衝到飯廳，桌上已經有滾熱的地瓜白粥等著。彰化永靖人的早餐桌上幾乎都有萬豆出品的豆螺、豆棗、素肉鬆，全都是當地出產的黃豆加工品，豆螺酸甜，豆棗橙豔，配白粥正好。

寒冬早晨，用大湯勺攪動白粥，蒸騰白煙撲臉，在來米香氣逼人，飢餓瞬間驅離睡意。取筷把熱白粥送入口腔，嘴變成煙囪。米粒已熟爛，無需咀嚼便可入喉，一碗接一碗，熾熱澱粉暖胃，農家補足氣力，繼續為生活拚命。

冬天一大鍋白粥一定見底，炎夏則引來怨氣，一大早就汗如瀑，熱粥怎麼下嚥？農家節省，不給孩子零用錢出門吃早餐，街上的蛋餅、油條、炒麵、肉粽太貴，怨家裡白粥太燙？別吃，做仙。姊姊們想辦法冷卻熱粥，大臉盆放冷水，再把整鍋粥放在水上漂浮。若是刮來一陣涼風，我們就把熱粥放在窗邊，邀風吃粥，幫我們降溫。幾次白粥忽然出現了棕黑色小塊狀物，以為是誰偷放了胡椒，和一和全部吃下肚，味道怪異。後來才發現原來是防盜鐵窗已全鏽，風揚起鏽塊，混進了白粥加料。全家大啖鏽粥，倒也沒中毒送醫。

如今我住在德國，早餐沒得吃米食，黑咖啡配黑麵包夾酪梨、起司。若難得有機會早餐吃白粥，我常在其上灑黑胡椒。胡椒如鏽，望一眼，早晨老朽身體忽然靈活，吃一口，配肉鬆、豆螺，時空失序，柏林永靖亂穿越。年過四十妄想青春，傻，哪需要胡椒？身心早都有了鏽，身體甩一甩，粥便添鏽，大吃一口，彷彿又聽到一家十一口圍著圓桌吃粥，唏哩呼嚕，熾熱永恆。

變形

傳統戲曲常見「自報家門」，演員一上臺馬上清楚交代自身姓名與來歷，此詞彙說成現代語言，就是一亮相就遞張名片。我雖是個不知名作家，「自報家門」的場合卻不少，出書必須自寫作者簡介，得文學獎繳交個人履歷，寫專欄附上肖像資歷，但本人卑淺，年屆不惑實在是沒大事可說，每次「自報家門」都心虛，明明是個無聊輕薄的笨蛋，如何幾句話把空洞偽裝成實心？今年，我的文章〈橘色打掃龍〉入選南一版國小五年級下學期國語課本，我終於有了可張揚的事蹟：我，陳思宏，是國小國語課本作者之一。

從國小到高中，我最喜歡的課本一直是國立編譯館編輯的國語、國文課本，李白蘇軾蔣介石孫中山，當年我無法察覺這些常出現「共匪」、「偉人傳奇」的課本其實充斥政治宣傳，我單純熱愛文字，還有課本上的插圖。我一直認為，必須是正典作家，才能登上課本的「殿堂」，想不到，我的文章竟然入選教科書，書頁上一張肖像，我以文字介入了孩子們的童年。

收到出版社寄來的課本，趕緊翻到自己那一頁，看到自己的臉，我手就癢了。小時候我最愛在課本上作畫，看到作者圖像，當然要用色筆加工，把孔子畫成孔雀，讓老子鬍鬚七彩繽紛，古人在畫筆下變形，根本不敬悖禮，卻是美好的課堂回憶。依照課文排序，孩子們應該在暑假開始前會讀到我這篇文章，於是我透過臉書向孩子們提出邀約，進行了「陳思宏變臉計畫」：「如果你身邊有國小五年級小朋友，學校用的國語課本是南一版，上到第十三課陳思宏寫的〈橘色打掃龍〉，小朋友在作者肖像上面創作，把他畫成任何東西／人物／物質／難以形容的什麼，都請拜託拍照或者掃描給我。我歡迎各種摧毀／再創。鞠躬感謝。我開放這張老臉，歡迎小朋友下筆。」

臉書病毒式傳播速度果然驚人，隔天我就收到了第一張圖片，我抬頭紋粗黑，大鬍肥身，我看了笑倒在地，馬上在臉書上貼出圖片。連續幾天，我從全國各個國小收到更多的塗鴉創作，小朋友、家長、老師反應熱烈，甚至有老師特別安排全班在課堂上一起畫我的臉，然後把所有作品寄給我。

透過這個計畫，我與很多各地的小朋友私訊對話，我才知道原來絕大部分的家長與老師都禁止小朋友在課本上作畫，若是小朋友被發現課本上有塗鴉，就會受到懲罰。我了解師長們的用意為善，課本是學習工具，若是沒有任何規範，讓小朋友恣意繪畫，可能會影響語文學習。但我想

跟師長們說，課本不是絕對的權威，小朋友在學習的同時，應該也要學會挑戰課文，甚至解構，學習獨立思考。學習這事易枯燥，若是有創意潤滑，就有了玩樂的可能。我從小數理極差，數度被數學老師判定為朽木，但我從不介意上數學課，因為我總是在應用題的空白處寫詩畫圖。我喜歡在課本插圖、作者肖像上作畫，把包山包海什麼都愛說幾句煩死人的孔子變形成難以辨認的怪模樣，我就比較甘願背誦那些跟我的生活毫無瓜葛的名言。孩子身體裡有我們大人早就失去的想像力，他們手上有筆，桌上有課本，禁制他們塗畫，甚至以懲罰為要脅，有一天他們很可能就會長成跟我們一樣枯燥無笑的成年人。記不記得我們小時候不管美醜總是胡亂塗寫？白牆、畫紙、餐巾、衣物都是畫布，當時我們對萬物好奇，不斷臨摹這燦爛世界，畫筆就是我們的試探與記錄。只是長大後，我們不知為何失去了探索的意願，手上的色筆剛削尖，腦子卻疲鈍無彩。

有朋友稱我有「雅量」，完全不介意讓小朋友們盡情繪畫，其實我老臉一張用了四十幾年，止不住衰老，能有幸讓各位小朋友以想像力幫我變形，我非常感激，無需動用到任何雅量。「變形」（Metamorphosis）一直是我很喜愛的文學母題，書寫枯竭時，我就去讀羅馬詩人奧維德（Ovid）的《變形記》，詩中的希臘羅馬神話曲折混沌，恢宏世界裡人變形成動物或星辰，詩人想像力馳騁，以文字建構一個繽紛怪奇的創世紀。卡夫卡的《變形記》（*Die Verwandlung*）是我閱讀百遍的文本，中學時讀中文譯本，大學時讀英文譯本，到德國之後讀德文原文，越讀越荒涼，小說主角醒來變成了一隻甲蟲，從此步入疏離絕境，其實誰不是那隻渴望愛的甲蟲呢？動畫《神隱少女》裡充滿許多迷人的變形，千尋的雙親變成豬，寂寞無臉男變成吃人的妖怪，巨嬰變成小老鼠，蒼白少年變成飛天白龍，電影根本不是給小孩看的童話，是讓大人痛哭的孤寂變形記。

成長過程，我自己歷經幾次重大變形。上小學，禁說台語，我讓口腔舌頭變形，把自己從只講台語的泥巴孩子變成能以國語上臺演說朗讀的學生。上中學，體罰監禁身體，性啟蒙分秒，我藏匿性向，變成「什麼都好就是數理差了點」的乖學生。抵達臺北上大學，我花極大的力氣甩土氣，把自己的彰化臺味洗刷乾淨，學了一口美式英文，染髮潮服，自認為首都人。服兵役，我戴上醜眼鏡，亂髮寡言，在狂顛扭曲的軍中，有逃兵，有凌虐，我只求生存。到了德國，柏林給了我極大的自由，我再度變形，終於，這次的形狀讓我很安心，身體自由，笑聲爽快，終於我能說，這是最貼近我自己的形狀。或許，我早在上小學的第一天就變成了甲蟲了。甲蟲活到四十好幾，我要為自己鼓掌。

孩子們的畫筆，讓我這隻甲蟲長翅膀、生魚鱗、穿裙子、成殭屍，我跨越了物種、性別，在國語課本上完全變態，模樣新鮮。

〈橘色打掃龍〉這篇文章聚焦柏林清潔隊員所組成的龍舟隊伍，透過這篇文章，我想要跟小朋友說一個殘忍的事實：夢想不見得要偉大。我們從小在教育體制裡就不斷被逼迫要「填志願」，作文課時必須在空白稿紙上填寫壯大的夢想，醫生、總統、校長、明星、飛行員，夢想高山巍峨，師長鼓勵大家把夢的泡泡吹大。展望未知的未來，鮮少有孩子會寫下比較「卑微」的職業選項，例如清潔人員、機械黑手、公車司機。打開電視，新聞臺報導清潔單位公開招募人員，有較高學歷的人參加考試，記者旁白是「竟然連博士、碩士都來參加考試」，這句話充滿了傲慢的階級意識，甚至有告誡的「警世」語氣，表示高學歷的人來加入勞工行列，簡直是淪落。夢想誰都有，成真的沒幾個，人生不一定要騰達才是完滿，只要正當的工作，努力付出，都有其尊嚴。

收到許多孩子的變形創作之後，〈橘色

打掃龍〉竟然上了新聞，新北市埔墘國小的小朋友，在讀了這篇文章之後，決定幫新北市的清潔隊設計新款工作服飾，新聞裡的孩子們面對鏡頭毫無畏懼，自信說話，關懷清潔人員，我希望他們都能記住自己這樣的身體模樣，有希望，有創意，笑容是真的，有愛。我也會記住我自己這些變形模樣，日後遇困境，我會把這些變形創作拿出來看，把這些怪獸、殭屍模樣放進身體裡，對炎涼的人世獅吼。

不怕盛衰，我會變形。

盜身

二〇一四年開始，臺北幾位朋友，確定我人其實在柏林之後，紛紛跟我說：「有人盜用你的照片。」朋友們傳來手機螢幕截圖，交友APP聊天方塊裡，檔案照是我，聊天時寄出數張照片，也都是我。從截圖判斷，盜用者在不同的交友APP都有註冊，使用的照片都是我，語氣用字都雷同，合理推測是同一人。現代人交友已經步入新時代，軟體開發商利用手機的GPS定位，讓使用者的手機一連上網路，就可以馬上看到方圓幾公里內，有多少人也正在尋覓，寂寞難熬找伴侶，身體搔癢尋出口，無聊愁悶答嘴鼓，只要點入對方照片，即刻開啟新的身體探索。各家交友APP有其獨家噱頭，各種性傾向都能找到對應的軟體，付費或免費，精神或體膚，一生或一夜。我人明明在柏林，在臺北的這位盜圖者在交友檔案上寫下：「在臺北找不到跳探戈的好地方，決定下週去阿根廷。」

幾位朋友都住在古亭、公館一帶，APP能顯示距離，這週他距離居汀州路上的朋

友三〇一公尺，下週竟然就顯示一萬多公里，或許，他真的去阿根廷了。

得知被盜，我馬上請朋友代我傳訊，請對方別再使用我的照片，但馬上被封鎖。請另外一位朋友協助，可否啟用APP的檢舉功能呢？朋友提醒我，這些手段一定無效，對方隨時可以換個帳號，重新再來，除非我真的想訴諸法律。朋友說：「讓我來戳破他，釣他出來。」

朋友開始和對方聊天，聊生活聊家庭，對方複製了我的履歷，說他是家裡的第九個孩子，從事寫作，還請朋友去買我寫的書。對方換交友檔案照片的速度，跟我臉書更新照片幾乎同步，隨時下載我的新照片。朋友積極想約對方出來喝咖啡，對方稱明天就要出發去突尼西亞旅行，下次吧。幾天後，對方真的去了遠方，距離朋友幾萬公里，寄來一張沙漠清真寺風景照。幾個月後，朋友注意到對方又回到了臺北，繼續釣魚大計，對方又說，沙漠行囊都還沒整理，明天又要動身，去智利小住幾個月。朋友從來沒見到對方，這兩年來，對方總是在旅途中，夏天在俄羅斯，北半球冬天就去南美洲曬太陽，所有的旅行地點，都是我沒去過的。對方說，寫柏林寫膩了，寫小說沒人理，下本書要寫旅行。

想不到，我，竟然也有 Doppelgänger。

Doppelgänger 是個德文單字，廣泛地在不同語言中被沿用，中文通譯為「分身」，查詢格林兄弟於一八三八年開始編輯的《德語詞典》（*Deutsches Wörterbuch*，線上數位版 http://

woerterbuchnetz.de/DWB/），把此字定義為：「想像自己能在同一時間點，於兩個不同的地方出現的人」（DOPPELGÄNGER, auch wol doppeltgänger, m. jemand von dem man wähnt er könne sich zu gleicher zeit an zwei verschiedenen orten zeigen），但隨著時代推進，此字有更廣泛的解釋，意指兩個並沒有血緣關係，卻外貌極為相似的人。

分身是民間傳說、文學、電影裡常見的創作母題，波蘭導演奇士勞斯基（Krzysztof Kieślowski, 1941-1996）一九九一年的作品《雙面維若妮卡》是我最愛的分身主題電影，描述波蘭的維若妮卡與法國的維若妮卡，面容吻合，彼此的命運神祕牽引。年輕時看《雙面維若妮卡》，不解片子的金黃光暈，我太習慣好萊塢的明亮直線說故事方式，波蘭導演的鏡頭太沉靜太緩慢，我睡睡醒醒，完全看不懂兩位分身的哀愁。多年後重看，或許終於品嚐飄泊、苦味、生死，光影熠熠，配樂悲愴，兩位維若妮卡的宿命無解，還是不「懂」，但，這次睡不著了，還哭了。年事已雙倍，睡眠變淺，愛哭。

岩井俊二的《情書》，中山美穗飾演渡邊博子與藤井樹，兩位長相一模一樣的女生，在不同的地方生活，原本毫無交集的分身，卻因為一封情書，而有了令人心碎的連結。電影在一九九六年於臺灣上映，我當時是個大學生，和一群有志創作的朋友一起去看這部電影，整個電影院淚水暴洪，文青們雙眼紅龜粿，糾黏紅腫。岩井俊二的影像，其實就是我青春時對愛情的幻象，雪地裡白淨，呼喊傷痛，回眸盛淚，純情細緻。二十年後重看，兩位分身的故事依然讓我顫抖，卻無淚。不是愛哭嗎？或許是怕哭吧，二十歲的我對愛情有白皙憧憬，以為愛就應該岩井俊二，如今四十歲，只求不負人不傷人，沒有一片白雪可吶喊也無傷，身體真實體驗過逝去與凋零，心境逐漸鬆弛，依然抒情，但此時再哭，那就真的是哀悼青春，不夠清爽。不哭了，身體已大叔，紅龜粿不易消化。

這兩年來，我的分身持續盜取我的身體影像，但似乎過著精采的旅遊人生，聲稱的旅遊景點，全部都是我很想去，卻依然沒有機會造訪的地方。對方似乎也有意與我的足跡重疊，我去過的那些城那些山，他不久後就會在交友檔案上說剛剛造訪。曾有一位讀者寫電子郵件來，感謝我跟他在交友APP上聊這麼久，希望下次能真的約到。不是我，真的不是我啊。

去年冬天，我在松菸誠品舉辦新書發表會，一位朋友跑來我耳邊說：「原來你也在線上啊。」我一聽就懂了，馬上請他打開交友APP，看到了我的臉，而且是方才新書發表會的照片，照片裡，是十分鐘前的我，且顯示距離為六公尺。這表示，我的分身，就在觀眾席裡，拿起手機，拍了我本人，立即上傳。我背脊冰凍，請朋友傳訊給對方說：「請停止盜照。」對方馬上封鎖朋友。

我呼吸急促，眼睛在書店裡掃描，臉部表情盡量鎮靜。我根本不知道對方的性別、長相，但，我的身體有強烈的感應，我知道，我的分身，正看著我。

一場影展夢

二〇〇七年，我第一次以記者的身分參加柏林影展。持影展記者證，我可以看遍所有參展電影，進入記者會舉手問大明星問題。柏林影展每天都有各國巨星，那年我親眼看到了（請容許我 Name-dropping 一下，也就是「說一串名人以提高自己不存在的身價」）珍妮佛．洛佩茲（Jennifer Lopez）、喬治．克隆尼（George Clooney）、瑪莉詠．柯蒂亞（Marion Cotillard）、麥特．戴蒙（Matt Damon）、茱莉．蝶兒（Julie Delpy）。我「電影癖」（Cinephilia）大發作，每天都很亢奮。

就是這一年，我開始在柏林影展擔任「臺灣之夜」的主持人。當年新聞局首度在柏林影展舉辦臺灣之夜，需要一位能講英文的主持人，來電詢問，我立即答應。我清楚記得當年新聞局給我的薪水是「友情價」五十歐元，結果我花了一百多歐元買了正式西裝外套、領結，雙倍倒貼，掐肚子肥肉說一切都是為了臺灣電影。當年周美玲執導的《刺青》入選影展「電影大觀」單元，楊丞琳、梁洛施隨片來到柏林，陳駿霖帶著他的短片《美》（《一頁臺北》的前身）前來參賽。臺灣之夜其實是個派對，給各國影人一個輕鬆聊天場所，紅酒杯觥，名片遞送，開啟合作契機。我深知電影人不愛冗長致詞，快節奏訪問楊丞琳、梁洛施、陳駿霖，讓明星風光上臺，下臺後接受媒體訪問。幾天後，《美》得了短片銀熊獎，《刺青》得了泰迪熊最佳劇情片獎。

二〇〇八年柏林影展，我不僅是影展採訪記者、臺灣之夜主持人，還接下了影展口譯的工作，成為第一個被柏林影展錄用的臺灣譯者。我負責口譯的第一部電影，是陳芯宜執導的《流浪神狗人》，主角蘇慧倫、高捷隨片來到柏林，我擔任每一場觀眾對談的現場口譯。想不到，我在影展的第一個口譯工作，竟然是翻譯蘇慧倫。服兵役深海怒濤，我不斷聆聽她的《戀戀真言》與R.E.M.的《*Reveal*》兩張專輯，身體才免於滅頂。我從沒想過有一天能擔任她的口譯，我發抖拿CD給她簽名，謝謝她的音樂，恭喜她的電影。我在臺灣之夜介紹《流浪神狗人》，終於和蘇慧倫合照。影展開獎，這部電影得到《每日鏡報》（*Der Tagesspiegel*）最佳影片獎。

就在二〇〇八年的臺灣之夜，德國導演莫妮卡．楚特（Monika Treut）看我在臺上主持，把我拉到一旁，說她即將開拍的電影，有個角色很適合我。隔年春天，莫妮卡．楚特執導的《曖昧》（*Ghosted*）在漢堡開鏡，我演出小小配角，我媽是陸亦靜，老闆是高捷，暗戀對象是柯奐如。拍了幾天戲，我突然驚覺，副導是葛拉斯（Günter Grass）的兒子。

二〇〇九年柏林影展，女同志電影《曖昧》順利入選「電影大觀」單元，我是記者、口譯、臺灣之夜主持人，同時也是《曖昧》演員，隨片登臺，參加觀眾對談、電影宣傳。我記得很清楚，有一晚《曖昧》放映之後的觀眾對談，有觀眾舉手發問，指定要我談談臺灣的同志處境。我說了島嶼的寬容與狹隘，同志並沒有任何法律保障。當時我在臺上真的有一種誤闖夢境的恍惚，啊，我竟然終於演了電影，而且我此刻站在柏林影展的臺上，回答觀眾問題。

我身體裡有熾熱表演慾，我想當演員。但是《曖昧》裡，我的存在過目即忘。我跟著電影登臺，感受卻很不真實，因為我根本沒上臺的必要，我只是微小配角，舞臺上的多餘，跟著上臺只是虛榮，做一場夢。

德文裡有個單字 Rampensau，直譯是「喜歡聚光燈的豬」，字本身並無負面指涉，意思是「熱愛舞臺表演的人」。我天生就是個 Rampensau，小時候在彰化永靖就讀愛兒幼稚園，老師注意到我對舞臺、群眾毫無畏懼，中班時被選中上臺演說，在大班的畢業典禮上擔任在校生致詞。我記得當天被媽媽帶去美容院，剪個新髮型，臉上被塗上濃烈粉底、眼影、口紅，「上臺」在鄉下是家族大事，一定得濃妝，家裡第九個小孩要上臺演講，全家都很緊張。那是我公開演說的最初記憶，說什麼我根本想不起來了，但我記得自己很自在，臺下擠滿鄉親，我小小身體毫不膽怯，有燈的舞臺宛如臥室，輕鬆舒適。

《曖昧》之後，我決定釋放身體裡那隻「喜歡聚光燈的豬」，開始四處試鏡，找機會想多演戲。我的確幸運試上了幾個角色，例如我在德國電影《全球玩家》（*Global Player*）演了在德國買公司的主持台灣之夜，訪問趙德胤。

中國商人。但試鏡真是折磨的求職，亞裔演員在德國很難遇上任何有血肉、不刻板的角色，大部分的角色都是亞洲餐館服務生、越南黑幫、非法移民，鏡頭前說三句話就被殺（有臺詞說就算極度幸運）。我在德國的試鏡經驗非常慘烈，每次被拒之後，想哭，卻笑。

連鎖超市尋找廣告主角，拍攝亞洲主題廣告。我試鏡時戴上斗笠，導演要求我在鏡頭前一手拿豆腐，一手拿招財貓，露出「亞洲式」的微笑。我完全不懂什麼叫「亞洲式」的微笑，導演答：「就是神祕。」試鏡的布景裡有很多「中國字」，但那些中國字都是工作人員自己去網路上亂抓的，不知為何，抓到的都是亂碼，我沒有一個字看得懂。我提醒導演，布景上的字都是錯的，他說，沒關係。

黑幫電影應徵配角，試鏡導演先是嫌我實際年紀太大（當年三十八歲，試三十五歲的角色），然後請我在鏡頭前後空翻。我說我不會，導演一臉驚訝，怎麼可能，你不會功夫嗎？不是亞洲人都會？

服飾品牌找廣告演員，鏡頭前導演要我脫去上衣。喔，陳先生，對不起，我們只找有六塊腹肌的演員。

電視影集找演員，負責試鏡的小女生，請我在鏡頭前示範太極拳。我開玩笑說，我讀的是英國文學、戲劇學，我不會太極拳，但我會莎士比亞獨白。對方低頭滑手機，沒抬頭看我，只說：「太極拳，您有一分鐘。」

電視廣告尋找演員，我經過幾關試鏡，來到最後一關，導演通知，最後兩位亞洲演員將會一起在鏡頭前試演。一到現場，和與我競爭的亞洲演員握手。他比我年輕十五歲，比我高十五公分，比我帥八百個梁朝偉。

最近一次的試鏡，是知名德國車廠，薪資優渥，已經試到最後階段，但原來這廣告要去南非拍攝，主角要在南非的草原裡開跑車馳騁。嗯，但，我不會開車啊。

都被拒。都沒上。

試鏡對身體負擔極大，短短幾分鐘內，對方不問你過往出身，不想花時間認識你，他們只要你身體最表層的呈現。試演者的身體必須跟隨指令，迅速落淚，前滾後翻，脫衣打拳，情緒切換，為了得到角色，什麼指令都照做。我被拒的原因有很多，太老，太矮，太瘦，太胖，哭不出來，不會說日文，竟然不是李小龍。還曾有試鏡導演問我，為何我的眼睛怪怪的？溝通一陣之後我才懂，原來因為我有雙眼皮，不符合他對亞洲人的想像。他問，有沒有辦法弄成單眼皮？

「喜歡聚光燈的豬」一直被拒，對自己說放棄了，算了吧。但忽然又來一通試鏡電話，我甩甩頭，依然準時赴約。

我並非想當明星，我想當演員。我寫作、採訪、翻譯，都不能讓心裡那隻豬閉嘴，還是想演戲。這熱情很實在，所以這與鏡頭秒數、臺詞多寡、角色輕重，毫無關連。但我渴求真正的角色，有來歷有故事，而不是畫面上的「異國點綴」。試鏡淒慘，我很可能一輩子根本等不到如同《樂來樂愛你》（*La La Land*）女主角最後關鍵的試鏡。所以我聽女主角唱〈*Audition*〉，在電影院裡大哭。哭，因為我知道，我就是歌詞裡的做夢傻瓜。

二〇一七年柏林影展，我再度擔任臺灣之夜主持人。從二〇〇七年開始，中間除了因為我回臺參加書展、或主辦單位另找主持人，我幾乎每年都會準時站在臺上，對著臺下呼喊：「歡迎來到臺灣之夜！」這工作滿足我身體裡那隻「喜歡聚光燈的豬」，我能以中英德文主持訪問，也有現場口譯能力，場面我都能自在控制。其實主持人的確是個不需具名的司儀，我這十年來在臺上訪問過許多臺灣大明星，沒有人會記得我，沒有一則新聞稿會提到我，這種隱形存在，讓我很安心。主持人本來就不是主角，該發光的是來參展的電影人。沒名字很好，被遺忘符合期待。我不怕被遺忘，我知道自己的名字，我記得自己的樣子。

導演莫妮卡．楚特在二〇一七年柏林影展，得到了「泰迪熊獎」終身成就獎。我和她聊到每年二月準時登場的柏林影展經歷，她說自己已經連續超過四十年參加柏林影展，所以柏林影展對她來說根本就宛如電影《今天暫時停止》（*Groundhog Day*），每年都一樣的人，一樣的場次，一樣的冷天氣，一樣的對話，一樣的頒獎典禮，無止境重複。

我懂，影展十年一場夢，我擔任過無數的華人導演、明星口譯，我每年都努力拍攝、寫稿，交出採訪作品，豬還是豬，傻瓜依然傻瓜。我的寫書依然不太賣，採訪的新聞很少人看，試鏡成果沙漠，重複再重複。

幸好，有些魔幻影展時刻，讓我願意繼續重複這場夢。

我在咖啡館排隊，正前方高大的鬍渣男子，對我友善微笑。他是希斯．萊傑（Heath Ledger）。

擠電梯，身旁竟是艾米．漢默（Armie Hammer）。

看電影坐在傑克．葛倫霍（Jake Gyllenhaal）正後方，意外讀到他正在寫簡訊。那簡訊內容太八卦，我沒對任何人說過。

每天和梅姨一起看電影。

我擔任電影《10+10》的口譯，跟隨一群臺灣導演去柏林的餃子店吃飯。《好遠又好近》劇組剛到柏林，也約好來吃餃子，兩部電影柏林大會合。張艾嘉一身爽朗走進餐廳，還沒坐下，歸亞蕾隨後開門進來，拍拍張艾嘉的肩膀輕聲說：「艾嘉。」張艾嘉轉身，立刻緊緊抱住歸亞蕾，好久好久都沒放開。

抱那麼緊，那麼久，一定是因為，都是做夢的人。

上電視

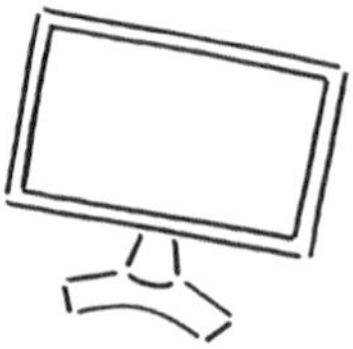

我熱愛表演，但試鏡成果慘澹，沒戲唱，幸好有文字供我嬉戲，以寫小說抒發身體裡的肥皂劇。最近又被經紀公司通知試鏡，案子是德國汽車大廠電視廣告，薪水優渥，地點就在我柏林家附近，決定忘了過往所有試鏡慘事，剪了新髮型赴約。我到了試鏡攝影棚，發現受邀的全部都是高大帥氣的模特兒，大家坐在長廊上等待，氣氛冰凍，大家低頭努力背臺詞。試鏡導演一次請五人進入攝影棚，在鏡頭前即興表演。我這一組全都是身高一八五以上的年輕男模，排排站拍照，我小矮人自信敗挫，說話結巴，肢體殭屍。回家的路上，我駝背慢行，忽然一場暴雨，吹高高的新髮型塌陷，失敗的演員還是沒戲唱，輸家活該淋雨，沒人要的爛演員，愧對陳家。

其實這是誇飾失敗，所謂的討拍。幾天後，德國收視率很高的週六晚間綜藝節目《*Verstehen Sie Spaß*》登場，播出我五個月前參與的錄影。試鏡像對發票，至少今年中了一次。

Verstehen Sie Spaß 意思是「騙到你了！」，請演員假扮角色，設置誇張的情境橋段捉弄路人或明星，全程以隱藏攝影機拍攝，戲謔調笑之後再對著受害者大喊 Verstehen Sie Spaß。負責選角的導演在一部電影裡看到我的演出，透過臉書與我聯絡，我順利通過試鏡，赴慕尼黑參加錄影。我的角色是中國某媒體高層，準備進軍德國電視，邀請三位德國喜劇巨星參與動畫配音。三位巨星其中一位早先知道預謀，與製作單位一起捉弄另外兩位明星。拍攝地點在慕尼黑知名配音公司，製作單位是一群美工高手，我到現場參與排練時，完全找不到隱藏攝影機，布景設置非常精巧，盡量讓受害者看不出破綻。腳本上設置了許多捉弄橋段，演員們耳朵中有耳機，導演隨時下捉弄指令，即興演出。

隔天正式錄影，我穿上名牌西裝，戴上眼鏡、名錶，口袋裡一疊印製精美的假名片。明星抵達，其中一位一進入配音室，環顧場景，馬上就大喊：「隱藏攝影機在哪裡？」雖被看穿，戲還是得演，導演在我們的耳機裡喊：「繼續！繼續！」我們只好硬著頭皮繼續演，但這位明星竟然對著我

們喊：「你們都是演員！我在電視上看過你們，別裝了！」這齣捉弄的戲早在第一秒就被拆穿，但我們卻演了四小時。

節目播出當晚，我剛好帶二姊到西西里島旅遊，入住的民宿其實有衛星電視，還是可以看到德國節目，但我實在是不想重溫拍攝當時的尷尬，訂了陶爾米納古希臘劇場的芭蕾舞劇票，刻意錯過。當晚我手機上收到許多德國朋友的訊息，許多人都在電視上看到我。朋友寄來節目網路存檔，我看了幾秒，看到自己的臉，馬上就關掉連結。

我突然釋懷了。

在電視上看到自己，我就懂了。不上相，無存在感，過目即忘。

人生悖論，上了電視，才終於了解，自己為什麼上不了電視。

落髮

接演了德國影集，角色是僧人，開拍第一天，我就必須落髮。化妝師兩週前先打電話來確認，真的可以剪？經紀人會不會反對？最近有在演其他角色嗎？我沒有經紀人，近來試鏡慘烈，貴劇組是唯一賞飯吃的單位，削髮演僧，戲好就好，剪吧。到了拍攝現場，導演、主角過來打招呼，隨即進入化妝間落髮。化妝師手中的電動剪髮器低吼威脅，我微笑點頭，不到一分鐘，一頭淨光，鏡中人陌生人，原本的我消失了。進入片場，剛剛與我閒聊的男主角以全然陌生的語氣眼神與我再度問好，他認不出我。

中學髮禁時代，頭髮很長很油的教官，最愛逼學生剪平頭。教育體制允許軍人進入校園，學生們也被逼著把身體主權交給他們。我曾遇過暴戾教官，手拿推刀巡視校園，隨機抓男生檢查頭髮長度，不「合格」的學生的頭顱馬上撞上推刀，頭上隨即一塊禿。這是生產線，不准任何學生發展獨立思考、摸索自我樣貌，會背書會考試為典範。我這一代穿著醜制服、頂著醜髮型長大，無美術課，不曾遇見「美」。中學失去身體自主六年，真別怪我們長大後醜，我們不能試各種髮型，沒機會認識自己身體。

上大學前的暑假入成功嶺，被迫理髮，頂著一頭光禿入大學。大學終獲自由，我開始試各種髮型。大二那年，我染了一頭淺褐，回彰化老家過中秋，父親看到我的髮色明顯不悅，姊姊們編造故事，說我同學在髮廊打工，需要學染髮，我自願當替死鬼。那故事越編越誇張，根本不存在的同學成為窮苦人家的孩子，髮廊打工，清晨送報，夜間顧攤，父親終於釋懷，要我帶一大袋水果回臺北給窮同學，叮囑我要繼續甘願給同學染髮。接著我想留長髮，幻想迎風飄逸，或甩頭搖滾。長度觸肩，鬈髮毫不受控，一頭拖把。有一天我終於受不了，剪了清爽短髮，女同學看到我，竟然抱著我說謝謝。謝謝你剪髮，我視線裡終於少了個醜東西。

畢業入伍，第一天就被理光頭。新兵魚貫排列進入理髮室，地上黑髮堆積，都是男孩的青春告別。剪髮阿姨全不管頭型、臉型，一切推光就是。我坐在理髮椅上，一看到自己的光頭，眼淚洩洪，嚇壞了阿姨。她喊，查埔人袂使哭！我一聽，哽咽成嚎啕，驚動了班長謾罵。罵當然止不了淚，國家可以逼我入軍營，但你們管不了我的淚，請在新兵資料上標註，這個查埔人就是愛哭。

哭是哀悼逝去，一入虎帳，就與先前的生活完全割裂，不再有自己的房間，交出身體掌控權。髮不是我的，身體不是我的，一切都只能聽隨指令。但之後將近兩年的兵役，我從沒再哭過，惡霸欺凌，哭暴露弱，我必須費盡心計，搬演臣服。

髮真是第二張臉，可遮蔽可修飾，換髮即變臉。我這次為戲落髮，沒有髮絲遮蓋，整張臉裸露，嚇壞了不少人。收工，常去的餐廳老闆問我是不是情傷？隔壁水果攤老闆問我是不是生病？演僧人，學鎮定，刻意低眉幽幽抿嘴無語。餐廳老闆拍我肩膀，堅持不收我晚餐錢，水果攤老闆祝我健康，買蘋果送一串蕉。

上戲第二天，劇組為我找了替身，拍可能有危險的遠鏡頭。替身演員先前似乎不知道自己落髮命運，忽然在片場被剃光頭，眼中竟然有淚。

我趕緊安慰，光頭人生其實不差啊，騙吃騙喝，挺好。

帥哥

老友C從臺灣飛來柏林出差，早餐我帶她去我常光顧的麵包店，烘焙老奶奶俐落快速，我還沒在口袋深海撈到錢包，咖啡麵包牛奶報紙就全打包完畢。我們坐在街邊大啖，C滿嘴麵包喊：「天，老奶奶臉這麼臭，麵包怎麼會這麼香！」C說，她在臺北每天光顧的早餐店，老闆娘一看到她就會大喊「美女早安！」，高分貝在小巷裡迴盪，上班前最動聽的嘶吼。明明三天沒洗髮，美白乳液救不了慘澹業績在臉上留下的暮色，但那早晨的「美女」呼喚宛如咒語，入耳驅邪趕鬼，抬下巴挺脊梁，飯糰蛋餅大冰奶入肚，果然出落得絕世美女。

柏林服務業並不講究熱烈，我已經很習慣烘焙老奶奶的冰冷。C每天早上需要早餐店老闆娘呼喊美女，我想起大學時特別喜歡去一家雞排店光顧，其實雞排並不出色，但

老闆娘喉嚨是個滾熱油鍋，一看到我就會瞬間炸出香脆問候語「帥哥」，誠懇動聽，不停下來買塊雞排簡直對不起老闆娘的真心。系上戲劇公演，亟需演出贊助，我立刻想到雞排攤。我備好一套贊助說詞，在深夜收攤時刻抵達攤子，老闆娘炸了一整天雞排，形體渙散，熱油冷卻。她依然幽幽喊我「帥哥」，但我在那眼神裡看到千百個墓碑，說詞瞬間消散，劬劬勞動者，我多說幾句，就是在那眼神墓園裡多添幾個亡魂。畢業多年後，返校演講，發現雞排攤還在，老闆娘依然殷殷呼喚年輕學子帥哥美女，輪到我時，她立即改喊「先生」。那一鍋熱油就是明鏡，映照青春逝去，帥哥已死。

於是我怕被喊「帥哥」，我自知五官還算端正，但稱「帥」就是誇飾。臺灣服務業費心鋪張語言，喊帥稱美博好感，灑糖霜的美言最潤滑。柏林的服務業簡約，問候語裡不張燈結彩，烘焙老奶奶寡言冷淡，或許身體溫度都挹注到手心了，熱麵包在口腔裡鞭炮，臭臉無妨。

我的確也曾妄想當個帥哥，髮學明星，衣隨雜誌。但這是譫妄，帥哥必須瀟灑俊俏，我身形中等，臉龐清淡，說帥真是太勉強，不如原諒自已的平凡。四處旅行最大收穫是見世面，米蘭時裝周街頭，東京文青聚集地，柏林時裝周後臺，巴黎瑪黑區，俊俏密集出沒，那些才是真帥哥，眼睛貪婪欣賞，同時坦承自己的平凡。我有個好友是模特兒，給了我一張柏林時裝周的後臺通行證，帶我到後臺觀看各國男模快速穿脫。現場眾多男模全都高聳如山，腹肌陡峭。被超模群山環繞，我很驚訝，我竟然不覺得自己醜或矮，有種凡夫觀看錦霞繁花之感。「帥」的對立面不見得是「醜」，而是一種鬆弛的身體狀態，我不高不帥沒腹肌抬頭紋如山谷，但，我喜歡自己的模樣。年輕時好怕醜，怕垂墜，怕鬆垮，怕枯萎。但衰老是必經，帥會過期，堅挺終究都會下垂，陡峭一定會崩塌，科技能拉緊皮膚，卻除不了眼底的滄桑。我現在回臺灣消費，絕少聽到「帥哥」呼喊，叫我「先生」非常呼應現實，我已經放棄試圖當帥哥，我只想當自己。

芭芭拉·史翠珊在《妙女郎》（*Funny Girl*）裡有一幕永恆經典：她一身豹紋，在劇院裡對鏡中的自己說：「哈囉，美女。」（Hello, Gorgeous.）

自信，喜歡自己，不追逐世俗的美醜定義。對鏡中人說：「哈囉，不帥的，帥哥。」

囤積花襯衫

多年前初到柏林，每天八點必須出門上德文密集班，嚴冬似乎無止境，白雪與德文單字串通好一起從天上砸落，九點準時開課，窗外無陽光。

我的同學都是歐洲人，瑞典、挪威、丹麥、英國，一早的課，大家都一臉蒼白無血色。說是隆冬在皮膚上灑漂白水，其實根本是德文文法駭人，每一堂課都是恐怖片，大家慘白道早，坐下來翻開課本想吐。昨晚沒大醉，只有寫德文功課，整夜噩夢。

有天，瑞典男孩開口問我：「你到底有幾件花襯衫啊？」

丹麥女孩接著說：「我每天都好期待你大衣脫下來，裡面是什麼花什麼草什麼樹。」

啊哈，原來我抵禦寒冬的妙招，被發現了。

柏林冬天悽厲，全城人彷彿約好一起賭氣，全身上下裡外棕黑灰，跟天氣比，看誰更陰沉。我才不加入賭氣行列，我要在大衣裡種花。

我的故鄉是彰化永靖，爆竹花炸掉籬笆，上學的路上會遇見夾竹桃、圓仔花、牽牛花，夏天的時候鳳凰樹失火，紅的橙的黃的，還有鮮綠的稻田，童年彩虹。隔壁鄉田尾是園藝中心，過年前我們會去公路花園採買盆栽，金桔累累，玫瑰肥滿，紫蘭幻蝶，光是綠葉香果胖花還不夠豐盛，店家在枝梗綁上豔紅閃金的俗氣結飾鈴鐺，每一棵都吵吵鬧鬧。爸媽把盆栽擺滿門面，以最鮮豔的花草驅趕去年的悲傷失意，深信花朵綠葉都能招吉祥，來年一家四季都如意。

搬到柏林的第一個冬天，寒風呼嘯割膚，積雪過踝把所有的顏色都埋了，但我依然輕盈快步，輕易推開冬天上課去，因為我的大衣下，偷偷種了熱帶。襯衫上有花朵盛開，皮膚上就有溫熱感，布料上的花樣召喚心裡的夏天，我的外套底下有溫室。禦寒需縝密大計，一件花襯衫哪夠？要安穩度過整個冬天，我需要各種花樣款式的花襯衫，才能安穩度過。大衣脫下，我身上有一片熱鬧的花園，有花有樹有熱帶驕陽，逼退低溫，那些臭德文單字，突然有花香。

我勤買花襯衫，扶桑、玫瑰圖樣是基本款，有一陣子熱中綠葉，看到棕櫚葉圖樣就失控。這些年來，我蒐集了各種花襯衫，百件塞滿衣櫃。老友來我柏林家，開我衣櫃要借衣服，驚呼：「你的衣櫃也太熱鬧了吧！比你的冰箱還豐盛。」花朵樹葉是基本圖案，向日葵、雞蛋花、椰子樹一整排，竹林、鳳梨、朝鮮薊、西瓜、桃子、香蕉是稀有款，斑馬、獅子、長頸鹿、河馬瘋非洲，鯊魚、鯉魚、水母、金魚遊滿櫃，雲朵、貝殼、彩虹、海浪海邊穿，最可怕的是竟然有捕蠅草，整個繽紛衣櫃是萬花筒。

那天朋友在手機APP上認識了柏林熊男，要出門去約會，不斷試穿我的花襯衫走超模臺步讓我評分，最後決定穿那件捕蠅草襯衫赴會。熊男巍峨根本是柏林圍牆轉世，初次約會就被精巧的朋友馴服，不久後柏林熊緊抱著朋友，請他不要回臺灣。捕蠅草襯衫根本是戰袍，捕獲一隻柏林熊。

所以這並非囤積，我是在儲備戰力。

花襯衫可禦寒、美觀，在不同的場合選穿特定花色，身體會產生不同的力量。

應徵時我選大花，自信加乘。和朋友聚會我穿碎花，以利碎語八卦。但總是會有不適合穿花的時候，領文學獎宜素雅，那就白襯衫配花領帶，或者花內褲，自己知道就好。

有次我參加某個柏林外交場合，想說下午時分而且是夏季烤肉，短褲花襯衫就赴會。一到現場，我才發現全場男女皆西裝套裝，只有我身上開花，還腿毛全露。但我沒退縮，大步走進去。我心裡想，陽光這麼好，這裡總需要窗簾吧？那小弟穿成這樣，就來當大家的移動窗簾吧！

看我家舊照，我驚覺其實不只我愛穿花，我媽跟我姊姊們都花花綠綠叮叮噹噹，聖誕節一年才一次，但我們每天都聖誕樹。人世冰涼，我們身上有花草怒放，花園裡，恆溫暖夏。

總有嚴冬暴雨傷痛，沒關係，我有私人花襯衫倉庫，貨很齊，四季皆宜。

怕人情

和朋友約在柏林查理檢查哨附近的時尚咖啡館，朋友先用 WhatsApp 預告遲到，我聽到了中文對話，口音親切，窗邊兩位臺灣女孩。我點了咖啡，刻意與她們隔一桌，我們之間有敲筆電的數位遊牧子民當柏林圍牆，傾／偷聽的最好距離。

女孩的話題是「人情味」：「在倫敦蘇活，我手上拿著寂寞星球找路，竟然有人主動問我需不需要幫忙，我超感動的。」「我有一次才誇張，我在里斯本訂民宿，自己超白痴記錯日期，提早一天去按人家門鈴，解釋半天之後知道是我白痴記錯，我大哭說今晚沒地方住，最後那民宿主人就介紹我去住他的朋友家，而且只收我三十歐元喔。」「對不對！哪像柏林人那麼冷漠啦！拜託，服務生都不笑。好沒有人情味喔。」「對嘛對嘛，那個民宿主人超討厭，問他哪裡好玩，竟然要我們自己去找，這麼不熱情。」「其實講來講去我們臺灣最好，超有人情味的。我現在還沒找到房子，我那個根本沒見過的姨婆的侄子的什麼表弟管他是誰啦，就是我跟你說在讀藝術那個，反正就讓我免費先住他家，免費喔。」

朋友終於抵達，我趕緊換桌。這人情絮絮根本鬼故事，我冷汗噴流，可用來沖一杯冰滴咖啡。

我最怕的，就是人情味。

我生長在一個愛恨綿密的彰化鄉下大家庭，家族關係緊密。父母殷殷教誨人情世故，收入的白包紅包一筆一筆謹慎記下，日後必以更大的金額回禮；性別輩分階級嚴明，男性長輩言重如律法；從不當面拒絕，戮力完成他人所求；金錢往來只重口頭諾，無借據；手足有難，所有人必當一起受苦；從家庭延伸到社會，待人交友首重人情，出外靠朋友。不准個人主義，不許私密空間。

緊密的家庭網絡提供豐沛的關懷與支援，我是第九老么，得寵驕子。但我逐漸發現，關懷如晚餐熱騰騰的魚，綿密美味，卻藏有許多殘酷的小刺。國一時我青春期，身體劇變，發現自己喜歡男生，忽然非常需要獨處，過年全家出遊，我只想關在房裡聽音樂讀張曼娟，但家人硬逼我出門，我於是在風景區一臉銅鏽，演雕像。週末我與同學在學校趕做壁報參賽、妝點布告欄，什麼「壞事」都沒幹，只是晚點回家，錯過晚餐，責罵在家門等著，說我跟同學鬼混，沒有任何解釋空間。親戚來訪，父母要我讓出房間，親戚小孩把我的作業撕爛，珍藏的玩偶被斬首，家人掐住我的憤怒，是親阿姨，不可抱怨。長輩口頭關切我在校成績，聽說我不在永靖國中 A$^+$ 班，露出了惡意的欣喜，我因此不肯喚他舅公，父親憤怒的燙手掌追撞我的後腦勺。青春期前的我，的確是個彈鋼琴、愛笑、逢人便親切大喊阿姨阿伯的孩子；青春期後的我，尷尬僵硬，迫切需要認識自己，但，沒有人允許。

重情知情講情，但不說出口，迂迴展現。保守社會封閉嚴密，善隱匿，不准洩漏情感，嚴禁肢體碰觸。

我一直到十八歲那年北上讀大學，我才稍微懂了這樣的隱匿。

家中老么上輔大，一輛大休旅車超載姊姊哥哥外甥男女，一起從永靖出發，目標臺北新莊。我爸開車，全家一路塞車到輔大，開進校園，入住理二舍一三九房。我當時渴望自由，亟欲擺脫家族人情羈絆，心裡不悅，不過是來臺北念書，幹嘛全家總動員，輔大又不在北極。我爸發現宿舍的木製簡陋床板根本沒有床墊，全家又擠進休旅車，一路問校門口警衛、路上商家，終於在附近的大賣場幫我買了床墊、被褥。床墊鋪上，行李塞進小小的衣櫃，我等不及要跟全家說掰掰。我爸看到我床邊小書櫃已經傾斜，向舍監借了鐵鎚、釘子，幫我把書架釘好。我爸塞了一疊現金，我媽留一袋蘋果，我們家不習慣說再見，一群人吵吵鬧鬧，又塞進休旅車，回永靖去。

當晚，我一個人在床上吃蘋果，睡不著，怕鬼，好擔心自己彰化鄉下人英文這麼差，怎麼讀英文系呢。自由好新鮮，床板好難睡，睡不著，不承認想家。我把幾本從永靖帶來的書放到床邊書架上，書穩穩站立，耳邊有父親的鐵鎚聲。忽然，我就懂了一些。

隱匿，不說，是保守社會的封閉程式。十八歲的我，只想逃離永靖，無力梳理臺北第一夜的複雜情緒。我只知道，叛逃未了，我會去更遠的地方。

現在我每次想到我爸拿鐵鎚，在那爛書架上槌釘子的模樣，還有那一袋紅蘋果、塞滿家人的休旅車，身體就會有熱度。我們真是來自舊時代的人，喉嚨說不出的情分與憂慮，就交給鐵鎚。我大三那年父親過世，父子疏離，沒單獨吃過一頓飯，沒傾聽過彼此。幸好，我擁有他的鐵鎚聲。

一路奔逃找自由，我在二〇〇四年逃到柏林，與臺灣的人際網路千萬里，我自以為終於尋得我要的自由，卻不自覺，把臺灣的人情模式，套用在柏林。

我想交朋友，快速結識了幾位臺灣人，結伴出遊。但與這些朋友相處，我卻感到更空虛。一段時間後，我才驚覺，如果我與這些臺灣新朋友此刻都身在臺灣，因為個性差異，我們根本就不可能成為朋友，甚至會交惡。只因為臺灣是我們共同的身體記憶，我們便以為在柏林一定會成莫逆。我省思自己的交友焦慮，開始慢慢與他們保持距離。掙脫刻意的人情網路，有那麼一刻，我發現，當時我在柏林並沒有任何「朋友」，但，我終於有鬆弛的感受。

出外靠朋友，但我無人可依，不懼怕，身體反而覺得輕盈。

鬆弛，因為，這裡並沒有一個嚴密的人情網絡。柏林人忙著當自己，不花力氣微笑，不忙著堆疊友善，很愛說不，不急著介入彼此的生活。那句「臺灣最美的風景是人」根本無法套用在這座城市，柏林人真的不急著討好，臉上無興味，肢體不熱情，服務生、公務人員、郵局人員、醫護人員表情如冰山，速度如冰河。我在這裡學會了說不，也學會了接受人家的拒絕。我逼自己開口，我爸那代用鐵鎚，我要直接說出口。人情的確溫暖，但絕對也是負擔。柏林實在是沒什麼人情味，少了很多包袱。因此，我稱柏林為家，讓我終獲自由的家。

柏林讓我成了一個厭惡人情味的討厭鬼。

咖啡館的兩位臺灣女生，以旅途中的人情味為城市評分。但我旅行時，完全不追求人情味。路上若有人主動搭訕詢問是否需要幫忙，我一定先拒絕。陌生人遞過來的飲料食物，我絕對不碰。旅行時入住民宿，我最怕遇到熱情洋溢的主人，不斷介紹哪裡好吃哪裡好玩，其實我真的只想知道 Wi-Fi 密碼，我們這輩子都不會再見到第二次面，我這討厭鬼真的覺得無需多說兩句。許多臺灣朋友談到歐洲，「友善」都是重要指標。但「友善」時常黏膩不清爽，我是旅人過客，旅途中與陌生人的接觸最好乾淨俐落，不報名號不說來歷，我盡量不干擾，也請你放過我。《慾望街車》裡有這麼一句經典臺詞：「我總是仰賴陌生人的慈悲。」（I have always depended on the kindness of strangers.）這是戲劇史上最絕望的臺詞，葡萄牙南部濱海小城拉古什民宿頂樓。

劇中人白蘭琪就因為自己無法放過自己與親友，再多的慈悲也無法拯救她的毀滅。旅途中的陌生人真的無需對我慈悲或友善，冷漠很好，無需熱情，反正我這逐日衰老鬆弛的身體，無法承擔太緊密的人情往來。

當個開心的討厭鬼，掙脫人情，我因此省了許多力氣。誰誰誰的表弟要來柏林念書，可不可以先住你那裡？我同事的女兒想知道去德國留學該注意哪些，可以找你嗎？陳老師，我剛剛寫了一篇一萬字的小說，想投林榮三，可以幫我修改嗎？請問可以幫我代購R牌行李箱嗎？要跟您邀稿，但我們礙於經費，無法給稿費，請問可以接受嗎？請問陳老師，可以幫我把書稿轉寄給出版社嗎？可不可以在你的臉書上轉貼我的新詩作品？我女兒參加網路寶寶票選，老同學你可不可以幫我投票？陳作家，請問可以跟我介紹，柏林哪些地方一定非去不可？聽說你要回臺灣了，可不可以幫我帶十罐那個，五罐那個？

不要。

不行。

NO。

NEIN。

討厭鬼不斷說不，我饒了自己，也請各位饒了我。

我時常想起葡萄牙南部濱海小城拉古什（Lagos）。

炎熱午後，我拖著大行李找民宿，在巷弄裡迷路。巷裡的阿嬤帶著小孫女幫忙找路，幾句往來，語言完全不通，我們就不說話了，但我就是跟她走，很快找到住處。民宿主人先前已經先給了一組密碼，在門口輸入便能取得鑰匙，房裡有一本手冊，詳列民宿須知。居住一週，從不見民宿主人，有小事需要溝通，透過網路私訊便可。民宿頂樓有視野極佳的面海陽臺，正對一家青年旅館的頂樓。一日傍晚，我在陽臺看海，青年旅館頂樓出現四位喝啤酒的美國青年，他們看到我，大喊著想和我聊天，我冷眼以對，不回答，繼續凝視大西洋。他們熱情洋溢，開始喊我 Jackie Chan，做了幾個猴戲功夫招式，發出了幾個自以為是中文的聲響，邀我過去跟他們一起喝啤酒。刻板印象、種族偏見壞了賞海興致，我依然陽臺冰雕，不想回應，只好收回視線，不看海了，往下看街道。街上，那天幫我們找路的阿嬤跟小孫女出門散步，視線剛好跟我對上，我們淡淡微笑、輕輕揮手，她們繼續散步，我抬頭繼續看海。這樣的交會好清爽，肌膚完全吸收，我身體一定記一輩子。

我的冰冷終於讓美國青年閉嘴，他們放棄喊話，回到他們的打屁時光。沒有人大喊 Jackie Chan 的大西洋，特別安靜，好冷漠，好迷人。

痔

我有痔瘡。

二〇一六年，剛過完四十歲生日，忽然連續幾天血便。我一直自認健康，吃食、運動、排泄規律，馬桶裡忽然綻放鮮豔紅花讓我驚駭，趕緊上網搜尋「血便」，多次讀到「癌」這字，驚慌暈眩，整個人趴在冰涼浴室地板上，深呼吸拜日式上犬式下犬式，各路醫療文章充滿威脅警告，越讀越焦灼。

決定起身看醫生，尋求專業診療。但一想到「在德國看醫生」，身體馬上再度貼上地板磁磚，更焦慮。

德國有全民健康醫療保險，大部分的人隸屬「法定醫療保險」（Gesetzliche Krankenversicherung），少部分的人選擇「私人醫療保險」（Private Krankenversicherung）。我屬於前者，領有一張晶片保險卡，若需要看醫生，只要出示卡片，讓醫療單位判讀，無需繳交任何掛號費，便可接受診療。理論上，無論是哪種保險，在德國醫療系統裡都享有相同的服務。由於「私人醫療保險」設有一定門檻，保險人較少，負擔風險較小，醫院能從保險公司獲得比「法定醫療保險」還優渥的給付，於是高收入者都選擇私保。持有「私人醫療保險」卡的人通常很快就能約到診療，但「法定醫療保險」的民眾則是一肚子苦，打電話到診所詢問，通常會得到令人崩潰的答案。

我二〇〇四年搬來柏林，前幾年完全沒看過醫生，皮夾裡的保險卡從未啟用。二〇〇七年春天，我忽然喉嚨腫脹、眼淚鼻涕氾濫，有一晚甚至幾乎無法呼吸，決定先去看家醫科。結果我打了十幾通電話，每一家診所都跟我說，預約要等三個月。什麼！三個月！三個月後我搞不好都死了。臺灣健保非常便利，走進任何診所，就算沒有預約，稍微等一下都會輪到，馬上領取一大包藥回家吞。但這些柏林診所竟然跟我說三個月後見，我當下有個衝動，想訂機票回臺灣看醫生。

後來我透過醫生朋友M的介紹，幾天內就看到醫生，才知道原來自己是花粉過敏。家醫轉診到過敏科的醫生，做了過敏測驗之後確定我對樺樹的花粉過敏（巧的是那家診所竟然位於樺樹街 Birkenstraße），醫生給了「減敏療法」的手冊，但不強力推薦，建議我多運動注意健康飲食，增加自體免疫力。幾次回診，我從來沒有拿到任何藥物處方籤，沒有打到一根針。

一般德國人感冒並不會上診所，就算真的約到醫生，醫生也不會輕易開處方籤，都會請病人自行回家，多喝水多休息。我們在臺灣凡事追求快速，便利商店從不打烊，診所醫院藥局每天開，身體稍微不舒服，吞服成藥，或者走到巷口的診所掛號便可。我以臺灣的時間刻度與醫療觀念來看德國健保系統，完全無法理解。這裡一切不求快，我辦居留證等了三個月，開銀行戶頭等了兩個月，最誇張的是寬頻網路，我在臺北曾有當天辦理當天開通的經驗，十年前，我在柏林等了將近四個月，家裡才終於可以上網。

醫生真的很難約，打電話去診所，接聽的人態度通常不佳，一報上「法定醫療保險」，三個月後的第一個週五有空，您要不要約？

我向醫生朋友M抱怨，為何在德國看醫生這麼困難？他說，他自己診所一天只能固定接一定數量的病人，以確保醫生與每位病人都有足夠的診療時間，所以櫃檯的護士只好不斷請打電話來的病人等待。他一定要午休，下午五點要準時下班，每年診所都關門六週，讓全體員工去度假。工作很重要，但他自己的家庭與生活也很重要。他說：「醫生要健康快樂，病人才能健康快樂啊。」

但我屁股持續綻放紅花，我必須要在最短的時間內，找到一位快樂健康的醫生看診啊。我在德國怕看醫生，不是怕語言不通，不是諱疾忌醫，我怕的是那彷彿幾世紀的預約時間，等待令我焦慮。我努力在網路上爬文，終於找到有網路預約系統的家醫，當天竟然有個空檔，我馬上預約成功。這位醫生聽完我的症狀，詢問我的家族醫療史，抽血檢驗，建議我馬上轉診，去找城裡最知名的直腸肛門醫生。

又等了三個月，我終於進入這家柏林有名的直腸肛門診所。櫃檯護士請我填寫問卷表格，在等候室裡靜候。等候室裡已經坐滿了各種年齡的病患，我禮貌問好，趕緊在角落坐下填表。那份問卷有三、四頁，針對患者的排便習慣、糞便型態、出血狀況、家族病史提問，我數次拿起手機查詢單字，才順利完成填寫。等候室裡非常安靜，空氣裡除了醫院常有的乾澀冰冷味道之外，還有濃重的尷尬，人們避開彼此的眼神，不與鄰座的陌生人聊天。是啊，我們都是來看屁屁的，尷尬是正常。這家診所的網站上，就用粗體字寫了一行字「請勿有不必要的恐懼」（Haben Sie Keine unnötige Angst），可見許多人的確會忌醫。等候室裡有幾位比我年輕的患者，他們行頭風尚，潮人模樣，在室內依然戴著太陽眼鏡，身體僵硬，一直低頭看手機。忽然幾位年長的患者走進來，顯然是回診，與護士們寒暄問安，入座後和等候室其他的病患開始大聲聊天，說直腸，說肛門，身體器官直言不諱。對比年輕患者的不自在，這些長輩們樂於分享，身體使用了六、七旬，生過大病、開過刀、差點跨過生死界，既然此刻還活著，看醫生不如開懷暢談。我常在已開發國家的退休老人身上看到這種特質，他們退休金固定，遊歷各國，說到身體，放鬆正視。

護士終於叫了我的名，我被帶到診療室，不安尾隨。醫生詢問症狀，馬上請護士準備看診，他先離開診療室。護士先把診療床消毒，然後請我把褲子脫到膝蓋，鞋子不用脫，躺到診療床上，然後雙腳高高放置在鐵架上。護士隨即出門，讓我自己完成這些動作。電影裡的產檢戲，女主角會躺在類似的內診檯上，如今，我竟然也躺在這樣的床上，焦慮壓在我身上，我終於懂了，為何女生們會怕內診，這姿勢，實在是太令人害羞了。醫生隨即進來，戴上手套，我完全看不到他在做什麼，但我可以感覺到醫生手指、濕滑的某種儀器進入我的體內，他馬上宣布：「陳先生，您有痔瘡。」

啊？痔瘡？什麼？我沒聽錯這德文單字吧？

醫生說他現在馬上做處置，說了幾個我聽不懂的單字，但意思就是，之後我就不會再見紅。他在我屁屁裡面快速來回，我完全沒有感到疼痛，整個療程不到幾分鐘。診療結束，他說除非再度見血，否則不用回診。

果然，名醫妙手，紅花從此凋零，馬桶再度黃金滿缸。

我自問，這次的看病過程，為何我會有羞恥感？平常一感冒，我就在社群網路上公開寫下感冒文，但為何我這次沒有寫下「原來我有痔瘡」？還有，為何內診讓人害羞？

肛門是禁忌，與排泄、糞便連結，無法公開言說。其實肛門、直腸都是身體重要器官，只因為衣著遮蔽，平日不見天日，除非用鏡子，我們自己平日也不容易看到，所以成為私密地帶，甚至是可恥的。恐同者也常用肛門歧視同志，直指骯髒，彷彿自己肛門才最聖潔。其實痔瘡就是靜脈曲張，為何患者無法坦然談論？為何有這麼多人，拿痔瘡來開人玩笑？內診姿勢其實不怪異，病患真的無需害羞，把屁屁交給專業的醫生，就跟把鼻子交給耳鼻喉科醫生一樣，屁屁與鼻子，都是我們的身體，不骯髒，無需羞恥。

我決定坦然，逼自己言說，甚至在日常對話當中，談論此事。話一說出口，我就釋放了羞恥感。我得到的回應都很正面，甚至很多朋友也跟我坦承，他們也有痔瘡。只有一次，一位臺灣人竟然大笑回應：「啊，陳思宏，你長這樣也會有痔瘡喔？」我不知道人應該長怎樣才不會生病才不需要看醫生，但我知道，此人從此在我視線當中消失。

一年後，我忽然又見紅，與去年一樣，毫無痛楚，沒有症狀，就是忽然在上大號時又紅花朵朵。這次我隔天早上八點馬上衝到那家直腸肛門診所，沒有預約，但我在說了自己狀況之後，護士同意幫我插隊，請我到等候室耐心等待。我等了四小時，看完一本馬奎斯，喝了好幾杯咖啡，終於看到了醫生。同一位醫生，同樣的療程，依然很迅速。原來，他去年只是做了處置，所以一年後復發是正常現象，要我別擔心。我如果真的要徹底去掉肛門內的靜脈曲張，就必須另外安排手術。

這次內診，我就很舒坦了，不再有羞恥感，甚至還能跟醫生聊天。當醫生在我身體內處置時，他問我是否來自中國？我堅定地說：「不，我來自臺灣。」當他在我身體進進出出之時，我竟然還能快速簡報臺灣與中國的政治現況。

喔，我忘了說，這位柏林直腸肛門名醫，叫做 Dr. Loch。

Loch，就是德文的「洞」。

卷二、少數身體

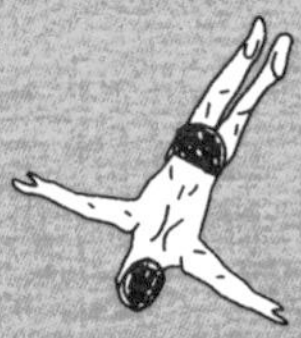

德國版《男士健康》（*Men's Health*）宣布，經過競賽選拔，二〇一六年四月號收藏版封面人物，將是變性人班．梅爾澤（Ben Melzer）。班．梅爾澤現年二十八歲，以女兒身伊馮（Yvonne）來到這個世界，但從小就不斷與生理性別奮戰，厭惡粉紅，渴望變成男身，直到二十三歲才開始接受變性手術。他順利贏得封面競賽之後，不穿上衣，露出緊實的肌肉，接受各家媒體採訪。他毫不隱瞞性別履歷，成為歐洲第一位站上《男士健康》封面的跨性別模特兒，希冀給予同樣與性別搏鬥的人們指標與希望。二〇一五年美國版《男士健康》也曾舉辦選拔，也是變性人的艾登．伊森．道林（Aydian Ethan Dowling）進入競賽，受到許多媒體注目，還接受脫口秀主持人艾倫訪問，但可惜最後沒贏得比賽。道林在美國鋪了路，梅爾澤在德國達陣。

一月中我從臺灣飛回德國，在法蘭克福等待轉機，候機室有許多免費雜誌讓旅客閱讀，其中一本就是二月號的《男士健康》。健身雜誌根本不在我的閱讀版圖內，但反正免費，封面男模帥氣，就拿了一本在候機室翻閱。這本雜誌完全符合我對男性健身雜誌的想像，重訓指南，該吃的與不該吃的，性愛技巧，時尚配件，彷彿讀者只要每期購買並且照做，一定就會如同封面男模那樣，擁有完美的六塊腹肌，人見人愛，齒雪白、肉銅牆、胸可擋北韓飛彈。我特別讀了其中關於「變形」的故事，幾位男士接受訪問，編輯貼出健身前後照片，昔為肥男輸家，戮力焚脂除肉之後，今變形成多汁猛男。

雜誌翻翻就好，飛機稍微延遲，我決定去買幾個大麵包，完全忘了雜誌的諄諄叮嚀。年輕時，這些雜誌讓我焦慮，擔心自己沒洗衣版線條，不夠瘦，不夠帥，沒人愛。步入四十歲的我，放鬆許多，我只求健康，身體是我的，線條我自己決定。我也會上健身房，但我不求人魚線馬甲線，我只想暢快流汗，反正我這輩子沒機會上任何雜誌的封面，鬆弛更舒服。其實每期的男性健身雜誌封面男模，不管是大明星還是模特兒，甚至是這位歷經變性的班．梅爾澤，對我來說同質性都太高了，他們身體都追求同樣的目標，臉一定要符合「俊美」的標準，十本擺在一起，宛如十個複製筋肉人。老實說，我的勤勞沒辦法用在健身器材上，我真的覺得緊實不等於性感。如果說年歲在我身上有任何作用，就是我終於放鬆了，我現在欣賞鬆垮且自在的身體，被生活折磨過、勒過的身體，有掙扎，有疤，有勒痕，有故事，真實摸得到，不是光滑的雜誌封面。

如果我面前有一位《男士健康》封面男模，與一位跨性別扮裝人士，我一定只看猛男一眼，然後專注凝視跨界的裝扮。因令人欽羨的外表而升起的讚嘆其實毫無保值性，皮肉無論怎麼奮力維持都不可能擋住衰老，怎麼帥怎麼美都會過期腐敗。越過性別的界則需要勇氣，一定會摔倒，一定孤單，滿身傷痕、整張嘴都苦的人，早已經超越平庸。各大都市的同志大遊行，我特別愛找性別扮裝人士拍照。他們狠踩世俗性別制約，以誇張的服飾、鮮豔的臉妝、八層樓的高跟鞋，戳進我們的視線。這世界這麼無趣，大家謹守性別疆界，男就男，女就女。但扮裝者卻在陽光下展露男不男女不女的身體，保守勢力死守著心中的老舊道德，等著誅之讜之。前一陣子大衛·鮑伊（David Bowie）過世，臉書上掀起悼念浪濤。我注意到一位滿口神啊父啊的臉友，平時滿口反同，老是把「反對性解放」掛在嘴邊，竟然也在臉書上寫了「David Bowie R.I.P.」，我終於出手留言：「請問你知道他做過很多性別跨越裝扮嗎？他還說他是雙性戀哩。」結果我當然獲贈期待以久的封鎖。要是真的有那麼多人崇拜大衛．鮑伊，且跟隨他的理念，這世界還會這麼刻板呆板嗎？

《丹麥女孩》講述變性曲折故事，入圍了奧斯卡，原著在臺灣也有譯本，引發不少討論。但我心中其實有另外一位更傳奇的性別跨越者：夏洛特．馮．馬爾斯多夫（Charlotte von Mahlsdorf, 1928-2002），她／他一九九二年出版的自傳《我是我自己的女人》（*Ich bin meine eigene Frau*, Frau 在德文裡是陰性名詞，有「女性」或「妻子」之意），簡直就是德國世紀性別傳奇。夏洛特．馮．馬爾斯多夫是「藝名」，意思是「馬爾斯多夫的夏洛特」，她的真名是洛塔．卑爾菲爾德（Lothar Berfelde），一九二八年出生於柏林小村落馬爾斯多夫（Mahlsdorf），從小就受困於男性身體裡，想當女人。她父親是個忠誠的納粹黨員，逼迫她加入希特勒青年團，一九四四年，在父親的槍枝脅迫下，出手以擀麵棍弒父，被判入獄。希特勒戰敗，二次世界大戰結束，她重獲自由，開始公開穿上女裝，在東西德分裂期間，她住在共產東德，以她個人的古董收藏成立博物館，甚至成為東德史塔西（國家安全局，負責監控民眾的祕密警察機構）的密報線民。她的博物館歷經多次威脅，都成功挺過冷戰期間的共產極權，是前東柏林的同志、藝術聚會場所。一九九一年，兩德已經統一，她創立的博物館卻遭到新納粹的攻擊，多人因此受傷，讓她決定離開德國，搬到瑞典。她一生爭議，歷經世界大戰、納粹、兩德分裂、冷戰、祕密警察，柏林圍牆倒塌、新納粹，在這些艱困的歷史年代裡，她穿女裝走出門，獨自抵禦異樣眼光。這麼蜿蜒的跨越性別經歷，目前有一部名為《我是我自己的女人》紀錄片拍攝她精采的人生，美國同志劇作家道格·萊特（Doug Wright）親自訪談她之後，歷經十年完成劇作《吾亦吾妻》（*I Am My Own Wife*），獲得東尼獎以及二〇〇四年普立茲戲劇獎。這麼曲折的跨越性別傳奇，有戰爭有殺父有納粹有祕密警察有性別掙扎，根本就等著領金熊獎以及奧斯卡，電影人，你們不是亟需題材嗎？夏洛特·馮·馬爾斯多夫的自傳非常精采，可惜臺灣還未有中譯本。

蔡依林唱〈不一樣又怎樣〉，曾愷芯終於是女人，葉永鋕走了。我回想自己的成長，結識過很多因為性別氣質而飽受欺凌的人，他們必須把最真實的自己殺死，只求生存。我也曾親身體驗過歧視，被罵娘娘腔，我嗓門大，回吼：「我就是娘，怎樣。」我清楚辱罵與歧視都來自恐懼與狹隘，我根本不怕，因為我喜歡自己。真正喜歡自己的人，信神愛人的人，怎麼可能會有力氣去歧視別人，管別人跨不跨界，管別人結不結婚。曾愷芯老師在媒體出現之後，我看到那些好愛結盟參政的偽善者，大聲疾呼：「我們怎麼可以煽動我們的孩子去變性！」拜託，你們是以為變性可以被煽動嗎？你們以為變性就跟走進便利商店一樣容易嗎？臺灣的便利商店店員的確很萬能，點貨搬貨結帳影印收包裹泡咖啡擊退搶匪聽說還必須會手搖飲料只差不會修飛機上火星，但他們真的不提供 ibon 結帳五分鐘變性服務喔。

班．梅爾澤的封面還未出現，但其實拍攝成果並不難想像，反正就是要展現這肌那肌，臉要帥，齒要白，溢滿陽剛，才不會冒犯雜誌的忠實讀者。這當然有臣服於世俗陽剛刻板形象的嫌疑，但，他至少跨界了。性別的線很堅實，有人鼓足勇氣，跨線、超線、越線、踩線、度線，彼岸不見得是包容的多元溫柔之地，至少，過河了。

德國樂團 Die Orsons 有首單曲〈*Horst & Monika*〉，把變性人莫妮卡．史楚（Monika Strub）的故事寫成歌，非常暢銷。莫妮卡．史楚原本是個極右派的新納粹，在變性成為女人之後，政治光譜轉撥到左派，投身政壇，故事充滿反差對比。這首歌很輕快，音樂錄影帶以動畫進行，歌頌跨界，強調包容。

其中有幾段歌詞，非常朗朗上口：

Alles ist, alles ist　一切都，一切都是
alles ist möglich wenn du willst　只要你願意，一切都是可能的
Alles ist, alles ist　一切都，一切都是
alles ist möglich wenn du willst　只要你願意，一切都是可能的

Von Horst zu Monika, Monika, Monika,　從 Horst 到 Monika
Von Horst zu Monika, Monika, Monika　從 Horst 到 Monika

Von Mann zu Frau, von rechts nach links　從男人到女人，從右派到左派

aus Dunkelheit, ans Tageslicht　從黑暗中走出，迎接日光

von Unten-ohne, zu Tolleranzikone　從胯下無一物的人，到包容的代表偶像

是的，只要你願意，或許，你會發現，面對性別的時候，自己充滿新的可能，
終於像個真人。是的，真人，有血有肉有靈有心，有包容的本能。

綠週

幾個好友約好，週末要一起去柏林「綠週」（Grüne Woche），邀我加入。大家在手機的即時通訊軟體上約時間，興奮地七嘴八舌，每句話都以驚嘆號結尾：「一起去聞豬糞！」「我要我女兒知道，牛真的不是紫色的！」「我要去玩怪獸牽引機！」「聽說有全自動擠牛乳機器！」「我要去跟公主跟皇后合照！」平日的大人全都變身孩童，玩興火力全開。

「綠週」是個大型的國際農業、食品貿易展覽，創立於一九二六年，是每年年初的德國農業盛事，全國各地的農業品牌齊聚柏林，在展場中推銷自家產品，許多國家也都派團在現場擺攤，推銷代表性的農業產品。「綠週」不僅讓專業人士交易，也開放一般民眾入場，這幾年的參展人數都超過四十萬人。

這是我第一次造訪「綠週」，一入展場就聞到各種濃烈，農事撲鼻，在外頭的都市叢林絕對找不到這些味道。農家們把牛羊豬全都移到展場，百隻動物在展場中供民眾參觀、親近，動物的排泄、飼料、乾草在室內發酵，加上暖氣催化，真是吸一口氣就感覺腦中全是排泄物。現場有駿馬壯牛大賽，根據體型、毛色、品種評分，飼主們帶著費心照料的動物在評審前亮相，希冀奪個大獎凱旋回鄉。為了避免保育動物機構抗議，「綠週」在現場特別展出運送動物的卡車設計，強調動物在運送的過程當中，都有足夠的水、飼料、空間，並無虐待情事。我和朋友趨近觀看運送豬隻的卡車，幾十隻小豬在裡頭吃喝拉，味道撞進鼻腔，我們這些城市人都被逼退三步。進入另外一館，酪農把最臭的起司全都擺出來，驕傲展示可口黴菌，幾千個味道強悍的起司包圍著我，我開始暈眩。釀酒商在現場叫賣紅白酒，許多柏林人在現場買醉，紅白都喝，皮膚喝成煮熟的龍蝦，酒臭揮發，有人嘔吐。

好不容易，我們走進有鮮花的展館，荷蘭攤位是個大花園，有青草、香土，鬱金香與香花招攬。一旁有一群老阿嬤以傳統的織布機紡織，成品上有許多盛開的白花。在賣茶的攤位上點一杯大馬士革玫瑰花茶，深呼吸，慢慢喝，身體的薔薇開始春天。《紅樓夢》裡有這麼一句：「更見仙花馥郁，異草芬芳，真好個所在。」無需如賈寶玉訪仙境，豬圈裡繞一圈然後馬上接著去群花豔開的所在，一切就仙花馥郁了。

安妮全家都來了，兩個小孩興奮地摸馬觸牛，對所有的動物都很好奇。安妮說，她女兒某天竟然問：「媽媽，是不是所有的牛都是紫色的？」讓安妮決定有機會一定要帶在城市長大的女兒去體驗農事。歐洲有一家知名巧克力公司Milka，以紫色包裝聞名，註冊商標就是一隻紫色的乳牛。巧克力吃多了，在城市裡根本沒機會見到真正的乳牛，許多小孩竟然就真的以為牛原本就是紫色的。不過，安妮的女兒當天摸了許多各種不同的牛之後，還是問了媽媽：「紫色的牛在哪裡？」安妮投降，反正小女兒還相信聖誕老人的存在，牛，就讓牠繼續紫色吧。

「綠週」其實也是見證德國農業機械化的絕佳場合，有公司在現場展出尺寸大得嚇人的牽引機，可以讓農夫們一次在十公尺寬度的農地上收成，民眾們排隊爬上怪獸牽引機，商家也歡迎大家現場直接訂購。最讓我目不轉睛的是全自動擠乳機，牛隻進入大型的機器裡，機械會自動快速偵測牛隻乳頭，密合之後，馬上開始擠乳，完全不需人工。

但這裡是柏林，多種音軌吵鬧，「綠週」並不完全代表了德國的農業樣貌。場內交易熱絡，大家似乎酒飽飯足，但場外有名為「我們受夠了！」（Wir haben es satt! 直譯為「我們吃飽了」，柏林綠週上的選美比賽，冠軍是一位跨性別的皇后。

引申為「受夠了」）的萬人大型抗議活動，直接針對「綠週」而來。

能夠有經費到「綠週」參展的，都是有規模的廠商與農家，以大型的畜牧種植，取得經濟上的回饋。「我們受夠了！」由獨立小農、動物保育協會、食物救濟組織等各個民間團體組成，在「綠週」舉行的這一週，進行大型的街頭抗議。小農哪買得起全自動擠乳機、全新的牽引機，當然無法跟大型的農業企業競爭。「我們受夠了！」的訴求很多，最主要是要求更合理的農產品價錢，讓小農們不被剝削或者被大型企業併吞，可以獲取應得的回饋，以及反對畜牧施打抗生素、土地分享正義。「我們受夠了！」的抗議團體從德國各地來柏林，直接在總理府前面，對著執政者嗆聲，分貝驚人。我在參觀完「綠週」之後也趕去參加抗議，兩邊聲音都很值得傾聽，吵一點鬧一點，讓各種聲音都有機會拿到麥克風，如此弱勢才更有機會找到路徑。

不過，這個吵鬧的柏林週末，最讓我印象深刻的，是公主與皇后們。

為了推廣農產品，德國全國各地推選出了各種皇后與公主，有「蘆筍公主」、「花椰菜公主」、「草莓皇后」、「櫻桃公主」、「小黃瓜皇后」等等，近百位公主皇后在現場齊聚，發送農產品文宣，推銷自家農產品。朋友們看著這些公主皇后，興味濃厚，我則是皺眉。

這些公主們幾乎都是年輕女孩，穿著俗豔的禮服，剪裁笨重過時，頭上戴著皇冠，身上掛著選美值星帶，笑容僵硬。我對這種農產選美沒什麼好感，濃妝公主跟農產品到底有什麼關係？還有，為何所有的公主都身體僵直，笑容人工？

突然，我發現眾多公主當中，有一位皇后，頭髮特別金黃，站姿特別放鬆，笑容特別自然，體態柔媚，並不僵硬。這位皇后，原來是生理男性。

他／她在一群女孩當中，特別顯眼，攝影記者喊拍照，他／她嬌媚整理髮絲，下巴抬起。最後，一群記者忽略所有其他的公主，往他／她衝去，遞上麥克風，專訪這位最特殊的皇后。他／她從容應對，非常有自信。

原來，農家雖然不在大城市，但不見得不懂得多元包容，性別扮裝者，一樣可以贏得選美，當上皇后，受邀到柏林「綠週」推廣農產品。

農牧原來這麼開放，這食物下嚥，多了更多包容的滋味。「綠週」讓我看見，農業與選美，原來也有叛逆的可能。

趕稿日常，忽然一封電子郵件闖入視線，署名「憤怒的母親」，千言揮灑，指責我的寫作。她發現孩子正在閱讀我的書籍，出於關心一起閱讀，想不到我的書寫「根本是推廣同性戀」，「假多元之旗，行淫亂之實」，她深怕孩子受污染，特地寫信來表達不滿。她頁數、字句都指證歷歷，揚言將發動家長老師，焚毀我的書籍，並要發動杯葛。

我非暢銷作家，杯葛在我身上無效，此威脅只是尷尬。但忽來的仇恨宛如晴空霹雷，我彷彿聞到焚書焦味。我當然不在乎這偏狹母親，但我擔心她的孩子。母者有其權威，高分貝灌輸歧視，那些鼓吹自由的文字都是我的呼喊，但被焚毀的吶喊太微弱，孩子讀了，有聽到作者的召喚嗎？

無法繼續寫稿，胡亂翻閱報紙，發現柏林多了全新的紀念碑，照片彩虹鮮豔。仇恨柏林彩虹海芋紀念碑。

惱人，我好需要溫柔，決定投筆，出門看彩虹去。

馬格努斯．赫希菲爾德紀念碑（Magnus Hirschfeld Denkmal）就位於柏林市中心馬格努斯．赫希菲爾德河岸（Magnus Hirschfeld Ufer），今秋剛揭幕，是柏林全新的彩虹地標。馬格努斯．赫希菲爾德（1868-1935）是猶太裔德國人，在十九世紀便公開出櫃，於一八九七年在柏林成立「科學人道委員會」（Wissenschaftlich-humanitäres Komitee），是人類史上第一個倡議同志平權的組織。此委員會旨在廢除德國刑法第一七五條，此法條把男性之間的性行為定為刑事罪行。一九一九年，他創立「性學研究所」（Institut für Sexualwissenschaft），建立性學圖書館，持續關注同性戀權益。德國在二〇一七年十月一號，終於全面實現婚姻平權。回顧德國同志平權奮鬥史，馬格努斯．赫希菲爾德絕對是先驅，他是第一位推廣同志解放運動的社運人士，這段河岸就是他「性學研究所」舊址，在此矗立戶外紀念碑有重大意義，把他的名字寫入地名、史頁，抵抗遺忘。

馬格努斯．赫希菲爾德紀念碑造型非常柔和，六朵海芋各有鮮豔色彩，呼應同志六色彩虹旗幟。海芋雌雄同株，以生物多樣性，象徵人類性向的多元。彩虹海芋在河岸挺立，陽光下優雅鮮豔。一旁有碑文寫明馬格努斯．赫希菲爾德的平權努力，我細細讀他的生平，寫定的歷史文字有安穩力道，讀史剖史除懦愚，彩虹海芋讓我身體跟著繽紛。偏狹就幾乎等同文盲，心器窄小，無愛，容不下他者。

馬格努斯．赫希菲爾德並沒有成功改變當時的政治現實，無法廢除刑法第一七五條。一九三三年，納粹沒收「性學研究所」的書籍與檔案。同年五月十日，納粹在柏林貝貝爾廣場（Bebelplatz）焚燒大量「異議」書籍，「性學研究所」的知識累積隨之付諸一炬。猶太裔的馬格努斯．赫希菲爾德從此無法回到納粹掌控的柏林，流亡海外，一九三五年客死法國尼斯。

我在彩虹海芋旁坐了一下午，我想觀察人們對於此紀念碑的反應。許多人駐足，討論，拍照。一對女同志伴侶在海芋前親吻自拍，老師帶著孩子前來野餐素描，一對老夫婦溫柔撫摸著海芋。一定有恐同仇恨之人，不樂見此紀念碑，如「憤怒的母親」。但我真的看到很多路過停駐的異性戀家庭，爸媽帶著孩子一起讀碑文，解釋這段平權抗爭，語氣平靜，毫無歧視。

焦味散了，有海芋花香。

看鸛

夏至，L與M的訊息來敲門：「來鄉下看我們吧，草莓熟紅了，鸛準時從非洲來了。」

L與M是一對臺德女同志伴侶，原本住在柏林熱鬧的普連茲勞爾山（Prenzlauer Berg）公寓，樓上鄰居每週末開電子音樂派對，樓下夫婦生了雙胞胎，屋外大街是U2地鐵線，電音嬰啼地鐵夾擊，失眠的兩人決定賣掉公寓，遠離城市，在離柏林一小時的布蘭登堡邦（Brandenburg）展開新生活。鄉下新居果然恬謐，屋前蘋果樹，屋後櫻桃樹，漫步十分鐘便抵達明澈湖泊，入夜後毫無人車，蛙聲沒有臺灣蛙種熱鬧，靦腆節制，兩人在清晨鳥鳴中醒來，昨夜繁華一場夢。但當初讓她們立刻愛上這房子的，是屋頂上的大鳥巢，仲介說，每年春天，白鸛（Weißstorch）準時飛來，在巢裡養育下一代，低溫威脅時再南遷，飛往非洲過冬。

鸛是豐饒多產的象徵，俗稱「送子鳥」。保守年代，父母避談性，遇到生殖提問，只鸛鳥。

能閃爍支吾，騙孩子說是鸛叼著嬰孩，送到家門口。白鸛是候鳥，在南歐、非洲過冬，春夏則飛往歐洲築巢交配。白鸛在德國數量不少，大部分都選擇布蘭登堡、薩克森－安哈特（Sachsen-Anhalt）、梅克倫堡－西波美恩（Mecklenburg-Vorpommern）三邦築巢。白鸛身白翅黑，細長的腿與尖尖的喙是紅色，身形纖細，飛行姿態優雅，深受德國人喜愛，每年白鸛從南方飛來，媒體追蹤報導，可謂鳥界巨星。柏林近郊有許多村落都是知名的白鸛村，最知名的就是曾在一九九六年獲選為「歐洲鸛村」（Europäisches Storchendorf）的呂史特村（Rühstädt），這個人口不到五百的小村落，每年都有三十到三十五對白鸛選擇在這裡棲息，幾乎家家戶戶的屋頂都有白鸛鳥巢，密度非常驚人，引來洶湧觀鸛人潮。

L與M所居住的村落每年大約有五對左右的白鸛棲息，她們自家屋頂有個廢棄鐵架，白鸛在其上築巢。鸛巢主要由小細枝築成，體積巨大，可容納成鳥一雙，以及剛剛孵化的下一代。巢的構造非常精密，能抵雨擋風，人類手工也難編織出這麼密實的鳥巢。白鸛喜歡在高處築巢，在制高點方便觀察四周覓食環境，同時躲避其他動物入侵，保護巢中新生兒。白鸛來歐洲，總是避開大城，但並不刻意避開人類，若是村落附近有乾淨的水域、田野，牠們就願意停駐交配生育。

L與M在二月時遷入新居，四月第一陣暖風吹起，花園裡的蘋果樹忽冒新芽，煙囪頂上的巢，悄悄出現了一對白鸛。我隔天就從柏林搭火車來到了小村，在花園裡和她們一起看鸛。我們拿著圖鑑比對，上網查資料，不斷以望遠鏡觀察這對白鸛的各種姿態，以擬人猜測牠們的悲喜，交配、吵架、覓食、擁抱。白鸛清楚我們的存在，但人不擾鳥，鳥不理人，屋裡一對女同志，屋頂一雙白鸛鳥，我是厭惡浪漫的雙魚座，但此屋削去我的稜角，我躺在花園的柔軟草地上，彷彿看好萊塢愛情片，鳥恩愛，人多情。

好萊塢商業愛情片遵守程式，結局歡喜。但這是歐洲寫實片，這幾年來，L與M的鄉間故事，與現實對撞。

躲噪，渴望寧靜，於是移居鄉間，聽來理所當然。但城市的魅力，就在於噪。城市吵鬧，表示有複雜的經濟脈動，有多元的工作機會。鄉間人口稀少，經濟活動單純，工作機會相對少。L與M並無務農本事，兩人辭去柏林工作之後，開始接網路設計案子，但收入不穩，修葺老屋蝕存款，財務逐漸吃緊。兩人布置客房，以「與白鸛同眠」做標語，開始做起民宿生意。但此村冬天毫無觀光活動，春夏白鸛引來遊客，但來去匆匆，甚少留下過夜。

去年臺灣女生M獨自來柏林找我，我們一起逛街、喝咖啡、看歌劇，臨時加入反新納粹的遊行。看完歌劇，我們決定不搭地鐵，慢慢走路回家。我們遇到一群華麗的扮裝皇后，穿著高跟鞋在街上尖叫狂奔。我們走進一家小酒吧，獨立樂團嘶吼，主唱聲音與樂團剝離，但人人手上有酒，走音萬歲。午夜，我們在土耳其攤位買了炸薯條，好難吃，但她一口我一口，還是吃光光。

M忽然哭了。

幾週前，她們與鄰居有點小糾紛，鄰居攻擊她們的性向，接著冒出幾句種族歧視的話語，雖然隔天烤了蛋糕登門道歉，但M覺得身體被砍了一刀，傷口難癒。M哭著說，連我媽都沒這樣罵過我。M家人非常保守，為了安撫父母，我曾扮演她的假男友，演一齣假恩愛。遇到L之後，M決定當自己，向父母出櫃，結果竟被逼著去參加教會的「同志治療」。她逃到柏林，終於不再有溺斃的窒息感，L給她自由，原來，愛是自由。

不哭了，她坦承，好想念柏林，也想念臺北。歌劇院裡的女高音、半夜尖叫的救護車、地鐵摩擦鐵軌、抗議遊行的吶喊，她以前最厭惡的，此刻成為最想念。去年冬天，一場大雪埋掉小村所有聲響與顏色，沒有風聲沒有鳥聲沒有人，她突然發現自己關節好吵，以舌撞齒，震耳欲聾。她忽然亟需噪音，離開臺灣前，爸媽對她說了許多決裂的話，此刻她竟然都想再聽一次。焦慮襲擊，她跟L大吵。吵架沒有具體原因，但吵架時身體發出了許多聲響，擊掌握拳抱頭撲地，冰封寂靜小屋塞滿了髒話。她忽然好愛髒話，把寂靜趕出小屋，迅速掩埋焦慮。吵架逼她面對自己的焦慮，她終於打了一通電話回臺灣。媽媽聽到她的聲音，沒回話，她猜，媽媽跟她一樣，哭了。

今年我依約去看鸛，除了鸛媽媽鸛爸爸，偶而會看到新生小鸛探出頭來，馬上被鸛爸媽壓回巢底。巢擠無妨，是家。

屋內多了一隻貓、一隻狗，喵喵汪汪，屋內從此不清靜。貓狗好友，沙發上同眠，還會一起去對付惡鄰居的兇狗。

我帶的訪友禮物是一臺柏林音效玩具，上面有許多按鈕，按下去就會發出各種屬於柏林的聲音，例如地鐵關門聲，啤酒廣告主題曲，甘迺迪說的那句名言：「我是柏林人。」（Ich bin ein Berliner.）按鈕召喚柏林記憶，L與M聽著城市噪音，忽然想知道，以前柏林公寓樓下那對雙胞胎，現在長多大了？

破曉，我聽到屋頂上的白鸛振翅，喙發出清脆的撞擊聲。我拉開窗簾，發現其中一隻鸛停在花園的木椅上，貓就在一旁伸懶腰，鳥貓對看，貓一臉惺忪，又沉沉睡去。

我帶的訪友禮物是一臺柏林音效玩具，上面有許多按鈕，按下去就會發出各種屬於柏林的聲音。

男護士

臺灣好友與德國男友訂婚，計畫柏林、宜蘭兩場婚宴。最近婚禮籌備卻停擺，女方家人出現反對聲浪，因男方「竟然」是個護士。好友與家人爭吵當中，披露是自己主動求婚，男友還激動落淚。父執輩喊「娘娘腔」不能嫁，家族征戰，見面吵不休，通訊軟體上恩怨滾燙。好友給我看一串家族通訊軟體群組對話，阿姨叔叔舅舅嬸嬸意見最多，說出許多性別框架詞彙。

親情阻撓以愛為名，諄諄告誡，卻最傷人。沒見過幾次面的大舅公甚至錄了一段影片，大喊：「現在很多男生搞gay，我怕妳嫁錯人，舅公身邊有幾個單身男子漢，妳回來臺灣一定幸福美滿！」

好友哀怨眼神忽然虎視：「你也要負責。都是你啦，我阿姨看你的臉書，你有次發文，說在德國遇到的男護士都是同志，還截圖發給所有親戚。」

到嘴的燙咖啡潑灑一身，不管襯衫汙漬、皮膚灼熱，遇虎咆嘯，先擊鼓喊冤，虎爪請留情。臉書貼文效期短暫，新貼文快速擠掉舊文章，我真的寫過男護士嗎？臉書舊文難尋，在瀏覽器加裝外掛小程式，才順利找到阿姨引文出處。的確，我寫過男護士，想不到，我的文字介入了好友婚事。

那是多事秋冬，為了安頓失智德國長輩，我在北方基爾（Kiel）的大學醫院、柏林失智安養中心、柏林十字山區運河邊的大醫院之間奔波。長輩情況不定，有些日子精神晴朗，話語江河，眼神靈活，清晰呼喚我。但大部分時刻，長輩瞳孔陰雨，夜裡離床，譫妄嘮叨，拒絕服藥，出手攻擊醫護人員。

在這些醫療機構裡，我遇到了幾位男護士，剛好，他們都是男同志。

失智醫療單位狀況多，失智患者失去生活自理能力，起床需要有人扛、揹，沐浴、如廁、服藥、進食全程需要旁人協助，一切仰賴醫護人員。譫妄引出許多不存在的幻影，我的德國長輩一直說有人要殺她，見到護士便出手打人，力道凶悍。絕大部分的護士是女性，但長輩失控時刻，幾位身材嬌小的護士手忙腳亂，高大的男護士主動接手，巧勁迴避槌打，順利把長輩從床鋪送上輪椅。他粗壯手臂撐開護士制服，肢體敏捷，對我眨眼說，每天下班去健身房，會費總算沒白繳。他體態魁梧，髮絲舞動，臉龐好萊塢，符合許多人對於「同志帥哥」的刻板印象。隔天再訪，是另一位男護士，德國長輩剛洗完澡，或許溫水滌淨混沌意識，她稱讚男護士，說：「他好香。」這位男護士的脖子馬上靠近長輩鼻息，說是新香水，男友送的生日禮物。被稱讚的這位男護士教我如何說服拒絕進食的長輩用餐，他稱讚長輩身上的羊毛衫，細細梳理長輩頭髮，說個小笑話，給予溫暖的手心，俊臉美言，長輩屈服，願意進食了。

長輩離開醫院，住進柏林失智安養中心，幾位護理人員，她最喜歡土耳其裔男護士。這位男護士會彈吉他自彈自唱，聽到碧昂絲馬上能在長輩前熱舞，舞步純熟，長輩陰雨眼神忽然有光，像見到了多年偶像。

但這不代表所有男護士都是同志，好友的未婚夫，真的是異性戀。他的確有幾位男同事是同志，但護理工作苦，薪水卻只尚可，絕對不是年輕人夢想工作，有人願意投入已是難得，怎麼可能計較性向、性別、國籍、膚色？

「男」護士，「女」木工，「男」保姆，「女」飛機駕駛。我們在這些職業前加上性別，框出奇特，其實是我們眼界過窄，有人越過性別死水，啟動我們的不安警報，趕緊扼殺，只求我們的無彩生活能回到「正軌」。

阿姨誤讀我的臉書貼文，我不想被面前老虎生吞，趕緊答應在報紙專欄裡把話說清楚。這篇文最主要是幫忙宣示，臺灣老虎跟德國男護士剛在柏林登記成夫婦了，沒有喜宴，沒有親戚，但兩人心裡有煙火，有彩帶。

這篇，寫給多事多嘴的親戚。

小人

我喜歡小人。

到漢堡出差，有三小時空檔，決定就去「袖珍樂園」（Miniatur Wunderland）。「袖珍樂園」類似臺灣的小人國，位於聯合國世界遺產「倉庫城」（Speicherstadt）內部，展出袖珍模型。館內模型以德國境內城市、歷史風景為主，正在擴充的模型展覽包括奧地利、北歐、瑞士、美國、法國、義大利等。

袖珍模型只能透過純手工製作，細節才能服人。「袖珍樂園」滿足了大家對德國的既定想像，縮小的新天鵝堡依然巍峨，縮小的足球場有聲光影音，縮小的火車穿過山洞越過山丘，縮小的機場甚至有飛機起降，彷彿多啦A夢的縮小燈終於成真，德國的城市鄉間美景、歷史發展都濃縮在展館裡。

我從小就喜歡模型，哥哥熱愛組裝汽車、飛機模型，我在一旁跟著黏貼，平時過動的孩子忽然靜下來，生怕黏錯任何一個小組件。完工的模型很迷人，孩子一直盯著看，想像自己身體也縮小，坐進駕駛艙，登上航空母艦，終於飛上天，駛離港，離開小鎮，離開島嶼，去哪裡都好，越遠越好。

我國小時，桃園的小人國開幕，我們一家十一口跟著去湊熱鬧，人潮洶湧，大家爭看紫禁城模型，彷彿我們都是《格列佛遊記》的主角。八零年代後期，臺灣中產階級開始渴望度假，我爸的貨運事業開始起飛，終於可以買一輛車，把七個女兒、兩個兒子通通塞進去，開去主題樂園跟大家一起塞車、人擠人，不住旅館，當天就回家，那就是當時奢侈的家庭旅行了。我們家第一臺轎車是寶藍色裕隆，爸媽坐前座，九個孩子開始這塞那塞，我這個么子體積最小，小人有縫就塞，一家十一口違法超載上路玩耍。那是極甜蜜的家庭時光，擁擠的汽車空間裡疊疊樂，全身發麻、汗水瀑布，依然笑鬧甜蜜，沿途還要閃躲警察臨檢。我們家竟然有汽車了，我們慢慢擺脫貧窮了。

我小時愛讀《格列佛遊記》，和人潮擠在紫禁城模型前，我果真有種初臨小人國的陌生感。我們在學校裡不斷背誦中國，四川口音的老師總是說有一天要反攻回鄉，把中華民國的旗幟插在北京。我可以想見四川老師在小人國一定有種「重返故國」的激動，但我當時的世界其實只有彰化縣永靖鄉，紫禁城對我來說毫無文化意義。我多年之後才理解了那種陌生感，那是一種無根的斷裂，地理歷史為何枯燥，因為教育裡沒有任何在地化，我連永靖有哪些溝渠、幾棟古蹟都完全不知道，忽然就要背誦課本裡遙遠的大川大海，課本毫無土地味，栽不出任何學習的熱情。

大學時修十八世紀文學，美國老師讓我們讀全本《格列佛遊記》，我才了解這本書根本不是童話，而是一本諷刺政治小說，寫宗教的虛偽、政客的醜惡、極權的昏庸，我之前完全誤讀。格列佛來到了 Lilliput 小人國，捲入了兩國紛爭，見證了政治險惡，小人國裡盡是陰險的小人。

我這個格列佛，就是喜歡看漢堡「袖珍樂園」裡的小人，從這些模型小人，可以看出德國人的身體文化：桑拿浴裡，小人男女共浴，一絲不掛，甚至還有陰毛。北國雪地裡，有小人嬉戲裸奔。沙灘上，有小小彩虹旗，一群小人男同志正在開沙灘派對。小人們有胖有瘦有高有矮，日常生活裡人們怎麼看待身體，小人國裡就呈現怎麼樣的身體風景。不遮蓋，沒有十八禁，老少咸宜。大家能想像，臺灣的小人國出現這樣的小人身體嗎？其實我並不覺得德國人的身體比較「開放」，我覺得就是「放鬆」。放輕鬆，身體就不是禁忌，胖瘦高矮自有故事。

在「袖珍樂園」裡，我聽到熟悉的臺灣口音，是一對母子。媽媽在音樂廳模型前跟兒子說：「你要好好練琴，以後才可以去這間音樂廳演奏。你要好好吃飯，不然長不高，跟這些小人一樣。」那孩子傻傻笑了。

小時候我媽常燉狗尾雞湯給我喝，說喝了快快長高，不然「一世人做矮蜘蛛」。我媽常會發明奇怪的威脅詞彙，「矮蜘蛛」象徵隱晦，太難懂，反正就是母親對孩子身高的期許。為什麼媽媽們都會擔心孩子的身高呢？怕兒子長不高，怕女兒長太高，這其中包含父權社會的性別架構，身高與「權力、領導」有直接的想像連結，適用於男孩，但女孩要是太高，就難嫁人。其實八百鍋雞湯並不會讓矮蜘蛛長成姚明，孩子們一定會歷經尷尬的身體探索，媽媽的雞湯裡是愛是期許，高或矮，媽媽都愛，也請記得愛自己的身體。

我每年在柏林影展上，總會看到許多國際巨星。所謂「巨星」，就會在我們腦子裡漢堡「袖珍世界」裡，有彩虹旗的同志沙灘。

巍巍壯大，電影裡能單人與十暴徒對抗，還拯救了地球，那身形一定高聳如樓啊。但很多巨星的現實身形總是讓我們驚駭，怎麼他那麼小隻！我們對巨星的身體要求非常苛刻，不能老不能矮不能胖，不然馬上被兩張圖並列，前後對照，眾人譏笑。

讀明星八卦，我們往往瞬間變形成了《白雪公主》裡的惡毒皇后，罵人肥道人矮，魔鏡啊魔鏡，你說說看，哎喲那個女明星老了還敢出來見人，啊那一張臉那麼繃一定是整型鬼，那個男明星矮死了誰願意跟他搭，說半天全忘了鏡中那個真實的自己。

《白雪公主》（*Schneewittchen*）是德國民間故事，被格林兄弟寫入《格林童話》而流傳到全世界。最初版的《白雪公主》非常陰暗，壞心的母后並非繼母，而是生母，故事裡有棺材、死亡、毒害等陰暗情節，最溫暖的角色，就是森林裡的七矮人。他們矮小，卻收留了無家可歸的白雪公主。至今，許多鄉下的德國中產階級房屋花園裡，都還可以找到小矮人的模型。文學裡的小人當然各式各樣，村上春樹的《1Q84》裡的 Little People，從人嘴巴裡冒出，從空氣抽絲製作空氣蛹，神祕駭人。

當代德國文學，最有名的小人，應該就是鈞特．葛拉斯（Günter Grass）的小說《錫鼓》（*Die Blechtrommel*）裡的敘事者奧斯卡，他三歲那年自己決定停止長高，身高從此停留在三歲高度。《錫鼓》的書與電影都是經典，透過這個小人角色，德國人省思納粹的狂顛與戰後的人心薄弱。

離開「袖珍樂園」前，我遇見一群穿著籃球隊服的高中男生來參訪，我站在他們中間，瞬間變成小人，視線被遮蔽，完全看不到模型小人。一個特別高大的男生發現了我的困境，推了隊友一把，空出一個位置，讓給我這個小人。

大或小，高或矮，都共處在這個擁擠的世界裡。

我嘴裡忽然召喚我媽的狗尾雞湯，清爽甘甜。

人言

同事的孩子稱病不肯上學，原來是他的同學在社群網路帳號上留下許多負面言論，孩子讀了留言，哭了一夜，懼怕學校。起因是萬聖節裝扮比賽，孩子的扮相引來同學嘲弄，眾多留言或許無心，開開玩笑，但心靈卻因此烏雲密布。

人言是蜜糖，也是刀鋒。真心的美言善語引人愉悅，惡意的粗言評語逼人墜落。人與人實際相處，話語常有保留，批評有轉圜空間，說話稍微曲折，不直接亮出語言刀劍，這是人間禮節，所謂見面三分情。但社群網路上是虛擬空間，使用者沒有直接面對面，情分盡失，話語轉為直接，常常忽然亮出見血惡言。有媒體追蹤長期在網路上留下各種歧視、暴力語言的「酸民」，發現這些言論激烈的人們，其實都是日常生活中最平凡的人們，面對記者竟也彬彬有禮。所以網路是面具，使用者戴上面具，以虛擬身分四處在網路上縱火，似乎為自己百無聊賴的平凡生活，添加許多語言樂趣。

人言可畏，同事的孩子還未經歷人間險惡，同學在網路上的嘲弄便讓他一身傷痕。我認為這是人生重要課題，我們都該學會如何面對批評，就算是惡意嘲諷，也得試著自己消化負面情緒，努力看淡惡言，培養自信。畢竟，人間不可能日日是晴天，總會暴雨雷劈，孩子一定要學會面對險惡的現實。

言的同音字是「癌」，酸言酸語如硫酸，潑灑過來，可能有致命後果。我盡量要求自己明心體恤，多說好話，人言當然可畏，別忘了，美言無價，人言也可親。

酸甜

老友L與男友交往兩週，熱戀昏頭，男友跪下求婚。L不敢輕率答應，多方徵詢意見，戀情再濃烈，對方其實是個陌生人。有人勸嫁，有人疾呼萬萬不可。我出了餿主意，請她深入了解男方的社群網路帳號，關注哪些名人政客？有無在別人的頁面留下評論？L花了一整天閱讀男友的社群網路帳號，赫然發現對方在許多女明星臉書上留下許多惡毒謾罵。最讓她驚駭的是，男友在美國總統川普的帳號留下崇敬言論，替種族歧視者護航。這些留言打醒了她，戀情急煞車。

社群網路發達，造就了「酸民」，許多人在網路上發表攻擊言論，新聞網站上總是一長串酸言酸語。新劇院落成，有人留言說「好醜的蚊子館」；歌

星發新歌，有人大罵「過氣的醜八怪還出專輯」；政治人物最慘烈，臺灣有藍綠對峙，美國有共和黨與民主黨對罵。看這些留言，對人類的文明進程失去信心。

把語言當硫酸潑灑，粗暴程度不亞於肢體暴力，我自己是寫作者，偶而也面臨酸民攻擊，讀太多負面人身攻擊，不小心就會被扯入情緒風暴。「酸」當道，讓我們似乎忘了人生其他滋味，苦，甜，澀，同理心，都是語言的策略。

我曾目睹初用網路的孩子，看到貓狗照、花草美食照，馬上按讚留愛心，咯咯大笑，聽到歌星的新歌，身體跟著起舞。孩子還沒體驗到「酸」，一切都甜甜的。孩子提醒了我，「酸」人很簡單很痛快，只是我們都忘了，「甜」也是本能。

召喚人文藝術，肢解後眞相

《牛津英文辭典》把「後真相」（Post-truth）定為二〇一六年度單字，接著「德國語言協會」（GfdS）的二〇一六年「年度詞彙」（Wort des Jahres）也選中了「後真相」（Postfaktisch）。二〇一六年國際政治詭譎，川普當選、英國脫歐、菲律賓私刑氾濫、土耳其政變、委內瑞拉經濟崩盤、敘利亞持續內戰、德國極右派政黨連續贏得許多地方選舉，假新聞氾濫，狂人當政，二〇一六年是「後真相」年。到底什麼是「後真相」？這詞的基本定義是：公共觀點、大眾輿論不再注重事實查證、真相挖掘，而是以個人情緒、信念、宗教、民族、偏見作為判斷標準，民粹旺燒。在後真相的時代裡，假新聞取代真相，胡言亂語活埋事實陳述，謊話是勝選戰術，史實被竄改，發言聳動就是贏家。

社群網路與即時通訊軟體，是「後真相時代」的催化劑。智慧型手機全球普及，在社群網路的追蹤、演算機制下，使用者的「分享」與「按讚」，讓假新聞野火延燒，一篇搭配照片、影片、毫無事實根據的假新聞報導，經由上千萬人不斷分享，三人成虎，事後再多的澄清都幾乎無效，謊言成真理。一向標榜公民素養、民主教育、開放多元的英美兩國，先後成為「後真相」示範國，提出許多假數據的英國脫歐派贏得公投，謊言累犯川普入主白宮，國界緊縮，仇外護己。歷經納粹、東德瓦解的德國，戰後不斷以「記憶文化」（Erinnerungskultur）、「克服過去」（Vergangenheitsbewältigung）形塑國家的文化、政治、經濟，集體面對猶太大屠殺、東德侵害人權歷史，強調國家轉型、勿忘傷痕；卻在百萬難民湧入之際，極右派趁機壯大，以社群網路煽動民族情緒，擅長煽動國族情緒的「德國另類選擇黨」（AfD）選舉告捷，進入許多地區議會。

川普揚言大砍藝術經費，對於庸俗資本家來說，藝術無用。我們來到了人類歷史關鍵時刻，知識扮演更重要的角色，人類需要科學、人文、藝術、歷史，奮力抵抗「後真相文明」。

漢堡塔里亞劇院（Thalia Theater）在今年春天推出全新製作《＃真相——蘇格拉底之夜》（*# truth-Ein SOKRATISCHER Abend*），在劇場裡回應「後真相」。蘇格拉堅持真相比生命正重要，所謂的「蘇格拉底反詰法」，就是哲學的辯證與詰問，永不放棄探索真相。導演使用「蘇格拉底反詰法」，讓一男一女演員在臺上進行哲學辯論，探討「後真相」社會裡的民主、政治與謊言。蘇格拉底最有名的一句哲語就是：「我知道，我什麼都不知道。」這一句看似矛盾的話，其實是謙虛的求知態度，洞悉自己的無知，虛心接受他人意見。反觀當今掌權狂人、獨裁者，滿口「我什麼都知道」，這齣戲爆滿反抗能量，揭露「後真相」時代的人類無知與狂妄。

劇場一直都是真相的試煉場域，最永恆的例子就是莎士比亞。莎士比亞諸多劇作都是「真相」（reality）與「表面」（appearance）的無盡拉扯，表面會欺瞞，真相需要挖掘。喜劇《第十二夜》裡的雙胞胎，因為性別、長相，鬧出了一大堆笑話，而看似最保守最虔誠的人，其實最醜惡。悲劇《哈姆雷特》裡每個主要角色都埋藏祕密，哈姆雷特用生命追尋，剝開表面，終於尋得殘酷的真相。悲劇《李爾王》的主角聽信敷衍奉承，拒絕誠心真話，讓自己慢慢走向毀滅瘋狂之路。「後真相時代」來臨，我們需要再度召喚莎士比亞，在劇場裡辯證真相。

劇場是綜合的藝術體，包含文學、音樂、哲學、科學、歷史、舞蹈、政治、繪畫，一齣戲就可能劃破時代的虛偽。易卜生的娜拉選擇出走，契珂夫的三姊妹一直想回莫斯科，莫里哀創造了永恆的宗教偽君子塔圖夫，杜麗娘衝破禮教尋愛，舞臺上的反叛者，往往成為最經典。劇場專門出產叛逆者、革命者，在這個反智當道，「後真相」橫行的時代，劇場更應該接下歷史責任，創作出更多警醒社會的作品。

劇場是一個辯證真相的場域，劇場人可以是用各種風格詮釋文本，以寫實主義、超現實主義、達達主義、史詩劇場、寫實主義等發揮創意，但這些「主義」與「流派」都是接近真相的方法，劇場裡的反諷、嘲弄都有其政治意涵。劇場能以各種不同角度切開真相，但不能扭曲事實，不能否認大屠殺的存在、反女權、反同志、反少數族裔。德國爆發難民危機之後，許多主流劇場都迅速回應，把難民直接請上臺，讓他們說自己的流亡與離散，積極反抗極右派日益壯大的仇恨言論。

川普準備砍藝術預算，難道是他發現，藝術的反叛本質，並不利於他的謊言執政？

美國知名演員尼爾・派翠克・哈里斯（Neil Patrick Harris）曾數度主持東尼獎（Tony Award）的典禮，唱作俱佳，廣獲好評。他在二〇一二年的開場歌舞的獨白說：「老實說，劇場最棒了，你可以來到像這樣的地方，在黑暗裡坐兩個小時，然後你就能逃脫。不用想你的童年問題，你反而可以看到童年的童話故事，在你眼前真實上演。」這就是紐約百老匯商業劇場觀點，人們走進劇場，是為了遺忘現實、逃脫日常，劇場是娛樂。

如果劇場都是逃脫的最佳場所，川普更應該加碼補助藝術，讓劇場裡歌舞昇平，遺忘政治的荒謬。二〇一六年十一月，當時仍未正式上任的美國副總統彭斯（Mike Pence）進劇場觀賞音樂劇《漢彌頓》（*Hamilton*），結果觀眾以噓聲回應，謝幕時，演員疾呼這位力場極端保守的準副總統要維護所有人的權益。《漢彌頓》強調多元包容，出櫃演員、多方族裔演員，面對反同志、受益「後真相」的準副總統，劇場終於不再只是「娛樂」，觀眾坐下來，不再是為了逃脫現實。

歐陸的主流劇場其實一點都不商業，從來不重視商業娛樂，瀰漫人文反叛氣氛，逼觀眾在劇場裡面對真相，與現實對撞。為了阻止納粹重來、種族仇恨、反同厭女、獨裁當政，我們需要劇場，肢解「後真相」。

不用切結書，不用馬賽克：柏林劇場裡的日常裸體風景

或許從大眾捷運系統，可以窺見一座城市的身體行進脈絡。

柏林的大眾捷運系統，月臺上有醜怪塗鴉、肥碩老鼠，列車上有醉漢、街友、乞討者，乘客喝啤酒吃薯條，狗跟人類一起通勤擠車，沒有讓座慣性。月臺、車廂廣告多元彩虹，柏林捷運局自家的平面廣告以一身皮衣的男同志伴侶為主角，東德紀錄片影展海報上有幾乎全裸的男體，德國歷史博物館（Deutsches Historisches Museum）的《同志歷史展》的海報是一位跨性別、露出乳房的藝術家，這些海報到處張貼，大人小孩都看得到。

臺北捷運則是個消毒過的「無塵」空間，嚴禁吃食，乘客沿線整齊排隊，月臺上有鼓勵民眾舉報塗鴉的廣告，明顯誇張女體的電玩廣告占據乘客視線，但日片《當他們認真來編織》的廣告卻因為「多元成家」字樣被捷運局禁止。

捷運禁止身體的多元呈現，以為是維護封閉消毒空間裡的「良善」與「單純」，消弭任何爭議，卻大方暴露了父權守舊的身體焦慮。捷運的審查制度，是社會集體身體焦慮的延伸產物。表演藝術作為反動的媒介，劇場再現地域文化的身體政治，裸體往往就是個衝撞的表演策略。舞臺上的舞者、演員舞拳挑釁，寬衣解帶不為色情，而是對舊勢力的嘲諷，釋放身體，解構秩序。法國編舞家奧利佛・杜柏（Olivier Dubois）的舞作《悲・慾》（*Tragédie*）即將在高雄上演，媒體刊出的劇照出現了馬賽克，現場嚴格十八禁，觀眾入場前必須簽署切結書。我沒機會讀到這份切結書內容，但馬賽克與切結書的存在，就是身體焦慮的體現。身體太可怕，裸體很駭／害人。脫光了就是色情，裸體讓家長不知該如何教孩子。人們不能自在正視他者與自我裸體，因為身體是恥辱、私密，不可公開言說展演。活埋情慾，禁制多元，善男女永遠都衣冠楚楚，不說不看不演不舞，身體就不存在。

身體一直都在，裸體從未消失。

裸體，是柏林劇場裡的日常。

舞蹈劇場裡，裸身是舞者的尋常舞衣。莎夏・瓦茲（Sasha Waltz）的經典舞作《肉體》（*Körper*），二〇一六年底到二〇一七年初在柏林重新演出，舞臺上有不少裸露場面。這齣舞作辯證身體的暴力與斷裂，裸身毫無唐突，舞者身體絕美，皮膚就是舞衣，狂暴的肢體拉扯，疊映出肉身的渴望與悲哀，讓莎夏．瓦茲正式成為當代德國舞蹈大師。劇場不是風月交易場，舞者穿脫從不是為了引起觀者遐想，而是藝術呈現的手段。

歐洲觀眾普遍接受劇場裡的裸體，難道，真的是因為歐陸文化特別「開放」？讓我們先暫時離開藝術場域，從最平凡的生活，觀察柏林人的身體尋常。

電視臺不會以馬賽克或者噴霧處理畫面上的裸體，標榜全裸的約會真人秀，電視畫面上就是男女全見版。孩子看得到的熱門時段影集，時常有裸露畫面。桑拿浴、蒸汽浴幾乎都是男女共用，不准穿任何衣物，集體裸裎，堅持穿衣物的人會被請出。夏日湖畔，強調裸身的「自由身體文化」（Freikörperkultur）盛行，常見全家大小衣不蔽體，在陽光下自在戲水。我曾在柏林地鐵裡遇見全裸的乘客，沒人報警沒人尖叫沒人多看他兩眼，裸身者與穿衣者自在共乘。

身體本日常，器官為天然，並非褪去衣物就是情慾。就算是情慾，也是人體天然。帶著這樣的身體態度進入劇場，藝術的尺度就能更寬廣，官方沒有審查制度，沒有戴口罩的家長開記者會，沒有宗教人士謾罵歧視，藝術家有絕對的創作自由。當代德語劇場向來挑釁，紅血噴灑，尖叫嘶吼，裸體常常是演員戲服。德國演員在戲劇學校裡受訓，不斷鍛鍊身體的延展性，登臺若是遇上裸身角色，一定能達到戲劇需求。於是哈姆雷特不限定男演員飾演，且能全裸獨白。裸體為尋常，但在劇場裡就能建構身體、性別、權力的政治論述。

但，這真的是所謂的「開放」或者「前衛」嗎？自由其實是一種鬆弛的身體狀態，放鬆看待自己身體，不干預他者身體，不以自身的宗教、道德、倫常標準，強制應用在他人身上。這樣的鬆弛，基礎是普及的人文教育、性別平權、美感培養、獨立人格。孩子在學校裡接受不迂迴的性教育，以科學教育認識自己與他者的身體，去除身體的神祕與羞恥，建立身體的自信。有自信，身體便能獨立，不懼怕被群體拋棄，不怕落單，喜歡自己，且尊重他者。這其實不是所謂的「開放」，這是人的自由本質，不壓抑情感與慾望。

裸體已成表演尋常，沒有切結書沒有馬賽克，乳房陰部不成爭議。揚・法布爾（Jan Fabre）在柏林演出長達二十四小時的《奧林帕斯山》（*Mount Olympus*），舞臺上有大量裸露，各種形狀的身體在舞臺上放肆展演，許多動作飽滿性的張力，男舞者有許多甩露下體的舞蹈動作，演罷觀眾歡呼，一起慶賀身體的豐饒與完熟。戴維・桑皮耶（Dave St-Pierre）以裸體舞作聞名，他在柏林推出《溫柔一點！該死的！》（*Un peu de tendresse, bordel de merde!*）、《性慾》（*Libido*），舞臺上都出現了非常直接的性愛動作，他本人也上臺演出，呈現暴烈荒涼的身體風景。性愛怎麼會是爭議呢？當觀眾之前，先要當個人，成熟的人。表演藝術從人性出發，無需躲避性愛，慾望是永恆的創作母題。

若是裸體已成尋常，劇場人如何以身體為媒介，達到挑釁的目的？澳洲鬼才導演巴瑞・高斯基（Barrie Kosky）在柏林喜歌劇院（Komische Oper Berlin）執導歌劇《在陶里斯的伊菲革涅亞》（*Iphigenie auf Tauris*），找來一大群老年人裸體登臺，終於引起了討論。巴瑞・高斯基憎恨古典芭蕾，舞者身體幾乎一模一樣。他熱愛下垂的蒼老身體，各種形狀的軀體，胖瘦高矮，老肉皺皮垂乳都有故事，在舞臺上裸體排排站，一幅真實的劇場人體畫作。

劇場的裸體不是色情網站，非風月交易。劇場的裸體是反抗的請帖，邀請在焦慮社會裡失去身體自主的觀眾，一起在表演藝術裡，奪回身體的自由。

德國有沒有博愛座？

近日博愛座在臺灣成了話題，臉友寫信詢問，德國有沒有博愛座？

有，如圖（見一七三頁），此為柏林BVG地鐵系統的U Bahn地鐵車廂，特定座位上方，會有一張小貼紙，圖中有座位圖像，十字指向人道、救助等意涵，沒有任何文字。全德國各地的捷運系統，無論是公車、地鐵，張大眼睛看，都會找到這個小標示。

博愛座的德文是Behindertensitzplatz，照字面上翻譯成中文為「身障者座位」，所以跟臺灣使用的詞彙有差距，並沒有「博愛」字義。

那，德國有沒有讓座文化呢？捷運局有沒有宣導讓座禮儀呢？

慕尼黑捷運局MVG曾拍攝關於「身障者座位」的動畫短片，傳達清楚的「請讓座給孕婦、長者」訊息，旨在提醒人們注意這張小貼紙，影片最後字幕：Bitte überlassen Sie die markierten Sitzplätze Personen, die sie dringend benötigen.「請把有標示的座位，讓給有緊急需求的人們。」

我先說我自己的觀察，每個人在地經驗不同，我這裡說的是我的個人身體故事。德國並沒有大規模、制約化、集體的讓座文化。德國國土不小，每個鄉鎮、城市當然都有不同身體文化，但我個人的身體移動版圖上，並不常看到「讓座」這件事。人們並不會特別注意這張貼紙，長者鮮少要求讓座，年輕人不常主動讓座。

多年前剛到柏林時，我身體依然是臺北捷運的韻律，一上車就馬上掃描博愛座的位置，注意到這張貼紙，根本不敢坐下。我一看到長者上車，就會主動讓座，但每次都落得尷尬，許多長者甚至露出不悅的表情，我還遇過爺爺用力把我「壓」回座位的場面。住了十幾年，我的身體逐漸加入柏林地鐵的韻律，不主動讓座，無視這張小貼紙。

針對此事，我跟身邊德國朋友聊過，每個人的想法都不同，但我問過的人，全部都不是會主動讓座的人，除非是看到對方真的很需要座位。有長者這樣回答我：「我比很多年輕人勇健，要是真的有需求我會開口說。」此社會注重個人，自己為自己的身體負責，來搭乘，就必須也為自己的身體負責，而不是仰賴陌生人的慈悲。真正身障者，搭乘公車、地鐵時，司機會走出駕駛艙，拿出斜板，協助乘客上車。

臺灣的「博愛座」，名為「博愛」，飽滿至高道德感。老實說我最怕「博愛」這兩字，假，怎麼可能要求每個人的愛都必須廣必須深，虛。原本的美意，被擁擠城市集體焦慮催化，就變成了某種扭曲的道德觀。

請別誤會，我不是在稱讚德國，硬說「德國比較好」。我所居住的柏林，老人搭乘地鐵，的確很難遇到年輕人願意主動讓座，身體一定要有更強大的意志與力量，才能順利完成旅程。

我的身體，現在已經有辦法迅速區別臺北與柏林兩城的捷運節奏。在柏林，會遇到喝酒、唱歌、尿尿的人，車廂、座位常見塗鴉，一般乘客可坐博愛座，打開車廂門要自己按按鈕。在臺北，一切清爽乾淨有序，顏色不同的博愛座宛如電椅，車廂門自己會打開。

在柏林地鐵上，我喝咖啡不用擔心被罰款，販賣《掃街人》（*Straßenfeger*，刊物功能與《大誌》相同）可以上車廂叫賣，車廂裡有走音的街頭藝人，窮與富共乘一段，狗狗與腳踏車擠在一起，臭的香的都有行動的自由。在臺北捷運上，我讚嘆車站與車廂的潔淨，車站裡有廁所、充電設備，車廂上一直不斷有人讓座，好多的名牌包包，好多整形廣告。沒有優劣，只是不同。但，誠實說，我愛柏林的系統，因為我熱愛自由。

讓座此舉本應柔軟，套上博愛的制約，要求別的乘客為我的身體負責，就堅硬惹厭了。

柏林地鐵上的博愛座標誌。

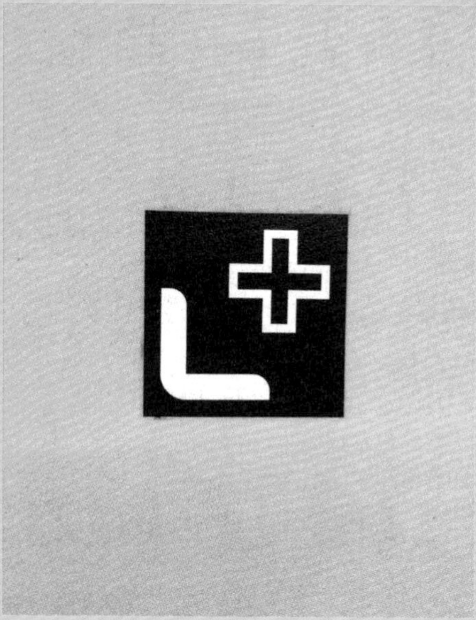

難民湧入歐洲，是當前巨大的人道危機。卡車上的腐屍，被沖上岸的男孩，徒步穿越邊界的難民，我們隔著媒體與社群網路遙望，這場危機到底跟我們有什麼關連？

我是住在柏林的臺灣人，很多臺灣朋友問我，住在德國，是否對這場危機有深刻感受？媒體上已經有很多深入報導，請容我在此分享我的個人經驗。

八月底九月初，我決定透過柏林當地的人道組織，去柏林的難民收容中心擔任志工。我當時在電視新聞上看到德國各地的收置難民中心被縱火，新納粹上街反難民，我自己是個持臺灣護照的外國人，面對仇外，我覺得我該有所行動。德國曾有狂熱的納粹，屠殺猶太、男同志、吉普賽、身障者，引爆世界大戰，經過多年的轉型，如今柏林終於是個多元包容的首都，城裡到處是反省猶太屠殺的紀念碑，剛卸任的市長沃夫萊特（Klaus Wowereit）是出櫃的男同志，財政部長蕭柏樂（Wolfgang Schäuble）是坐輪椅的身障者，聯邦政府負責移民、族群融合的部長是歐佐古茲（Aydan Özoğuz），她是女性，且是土耳其裔。但各地縱火一直遲遲未破案，社群網路上出現大量的仇恨字眼，我必須做點什麼。

我抵達難民收置中心，負責幫忙搬水。各地捐款物資一直湧入，志工人數也足，現場登記、分發物資，緩慢但秩序良好。因為語言根本不通，而且我只是臨時來插花的志工，我跟難民沒有太多接觸，有個孩子輕輕喚我 Jackie Chan，我給他巧克力，他害羞對我笑。我能感覺到他們身上有濃重的疲倦感，眼神不安，一定都有各自的離散故事，好不容易抵達德國首都，至少此刻有一張床可睡。當時天氣溫暖，安置難度相對容易，但冬天來了怎麼辦？志工團體此刻可以做的是分發物資，給乾淨的水，給孩子們玩具衣物，在現場給孩子們簡易的德語教學，但是這只是眼前，之後的安置，才讓大家頭疼。德文這麼難學，融入談何容易，新納粹持續縱火，難民人數太多了，德國政府的長久計畫呢？

幾天後我去法國北部工作，工作結束之後，我和朋友會合，決定開車上渡輪，從法國加萊（Calais）橫越英吉利海峽去英國多佛（Dover）訪老友。在加萊港口的高速公路上，眼前的景象非常超現實：高速公路旁的綠地上有很多難民的帳棚，車輛疾駛的路面上，有難民騎著腳踏車，在路肩上緩緩前進。但腳踏車無法騎進港口、搭上前往英國的渡輪，這邊建造了全新的高聳圍牆，阻斷難民前往英國的路。

一九八九年，柏林圍牆和平倒下，冷戰結束，申根國家慢慢增加，歐洲無國界，遷徙自由。但難民危機挑戰歐洲，新的圍牆矗立，火車停駛，邊界開始管制。

面對難民危機，英國海關特別嚴峻，盤問許久。進入英國，政客在媒體上吵著是否該讓難民渡過海峽進入英國。和長居英國的臺灣朋友早餐，電視上正在轉播難民抵達慕尼黑的新聞畫面，朋友說：「我們有英吉利海峽，渡海難啊，所以我們可以空談難民人道，吵來吵去。但德國一定得收吧？而且有可怕的納粹歷史啊……」

回到柏林，我和身邊的朋友一起整理衣物、玩具，寄給難民人道組織。我的志工經驗讓我發現，二十一世紀的難民最需要的就是行動電源與無線網路，好讓他們手上的智慧型手機保持暢通，與遠方連線，知曉身處何方，甚至規畫下一步。我們集資買了許多行動電源，充飽電，附上各種規格的連接線與歐盟規格的插頭，寄給相關單位。

整理物資時，伊朗血統的好友說，因為容貌與膚色，他最近有好幾次被當成難民的經驗。買麵包時，結帳女孩說不收他的錢，問他是否是敘利亞人？女孩善意，在德國土生土長的朋友給了她一大張鈔票，請她若是真的遇見難民，請繼續給予慷慨。在路上，有陌生男子前來挑釁，問他是不是難民，偷渡來享受德國福利？朋友是法學博士，成功的律師，沒動怒，只是開始朗誦歌德，問對方是否讀過《浮士德》。

這是人世，有慈悲，也有仇恨。有包容，也有排斥。有納粹上街示威，就有更大的反納粹遊行。這是易碎的歐洲時刻，拉扯之間，我見證很多慈悲的光芒。沒有快速解決之道，現實與人道總有取捨。圍牆矗立，邊界關閉，我只能繼續樂觀，相信人善，願意慈悲。

希望

稍有秋意，趕緊在週末拜訪柏林「世界花園展」（Internationale Garten Ausstellung），低溫花萎，賞花要趁暖。此展以馬燦（Marzahn）「世界花園」（Gärten der Welt）為基地，拓展周遭山丘、河谷、濕地，以永續環保的概念策展，盡量保持自然景觀原色。現代的「展」為了吸引國際觀光客，無論是運動賽事、藝術盛會、靜態花卉，皆講求高科技、大規模，展館拼特殊造型，展覽求聲光動態，深怕沒人氣。柏林「世界花園展」卻很樸素，看不到多媒體聲光體驗、新科技噱頭、一整片壯觀的人工栽植花海、國際美食小吃攤味，花卉、農產擺放方式很樸拙，不少人評之「無趣」。我搭纜車穿越一大片濕地，水鴨、駿馬、肥牛、飛鳥悠哉生息，沒有太多「設計」，園區並不姹紫嫣紅，視覺紓緩，年輕人稱無聊，上年紀的柏林人卻優遊自在，與一朵盛開的朝鮮薊對望良久。

我在園區裡走了一整天，不至於無聊，但來花卉展就是貪圖點鮮豔，似乎太靜了，草地香氣竟惹呵欠。忽聞合唱歌聲，曲調是反戰民謠〈花兒去哪了？〉（*Where have all the flowers gone?*），歌聲節奏卻充滿異國鏗鏘，穿花叢尋聲，找到了「希望合唱團」（Hoffnungschor）。

「希望合唱團」的團員幾乎都有波斯人深邃面孔，以阿拉伯文演唱〈花兒去哪了？〉傳達反戰和平，團名為「希望」，無需任何解釋，大家都清楚，臺上成員都是敘利亞難民。合唱團成員非常年輕，對著圍觀的民眾大聲唱歌，和聲不見得達到「優美」之境，但自有和諧，歌聲與樂器貼和，歌聲熾熱。

我是柏林「鄉音合唱團」團員，老師是臺灣女高音，團員全都是上了年紀的媽媽奶奶，分別來自臺灣、香港、中國，我則是團裡唯一的男生。媽媽們都是離鄉多年的老柏林，溫州腔、廣東腔、臺灣腔交會，大家都不是專業歌者，聚在一起練唱。「鄉音合唱團」不缺表演機會，每次臺灣僑界需要音樂助興，我和這些媽媽們就會登臺獻唱。其實我們常走音，但這些媽媽們都有各自的離散故事，所謂見過世面，每個人都有自己的柏林移民奮鬥故事，音準就交給歌劇院，我們唱的可是生命。歌生命，每次唱〈美麗島〉、〈流浪到淡水〉，我都特別大聲，島嶼民族情緒洶湧，走音請見諒，音符憋滿淚。

「希望合唱團」的難民歌聲、異國面孔讓色澤單調的園區忽然鮮豔，我被那不專業的和聲感動了。其實我怕「希望」這詞彙，太老套，太勵志。許多人怕勵志，喜厭世，就是受夠了虛假的正面吹捧。所謂厭世並非徹底擁抱負面情緒，而是終於有勇氣表達不滿，接受不完整。「希望合唱團」跟「鄉音合唱團」一樣，異鄉人在柏林唱家鄉老歌，不求和聲完美，這是喉間情緒洩洪，每一句都是一篇離散。那歌聲裡有缺陷、遺憾，曾經絕望，如今能張口大唱悲喜，我想，這就是所謂的「希望」吧。

總是有很多人問我，那些渡惡海來到柏林的難民，後來都怎麼了？說融合好沉重，說戰亂太悽苦。他們跟你我一樣，有各自的哀愁。從此定居德國？返鄉重建家園？種族惡意滋生，極右政黨叫囂，幸好，花園展裡，聽眾掌聲溫暖，大喊安可。

歌聲裡沒有答案，但，有希望。

由難民組成的希望合唱團。

選後

#87prozent

二〇一七年九月二十四號，德國全國大選，一如選前民調，總理梅克爾所屬的政黨在國會大選獲得最多選票。但，從當天傍晚的出口民調到正式開票結果，真正占據國際新聞頭條的是德國另類選擇黨（AfD），此極右派政黨在這次大選的得票率高達一二．六%，正式成為德國第三大政黨。

我守在電視機前看開票結果，表情孟克吶喊，忍不住借用希拉蕊．柯林頓自述敗選的書名，對柏林天空大喊：What Happened? 發生了什麼事？

我是定居在柏林的臺灣人，臺灣護照裡貼著一張德國居留證貼紙，無德國公民身分，無選舉權。雖無法投票，政治攸關生存，我一路關心選情，主動參加左翼黨（Die Linke）、聯盟90/綠黨（Bündnis 90 / Die Grünen）、社民黨（SPD）、海盜黨（Piratenpartei）的選舉活動，如臺語俗諺「人咧吃麵，你佇邊阿喊燒」。其實以臺灣人的角度來看，德國選舉根本不是一碗熱騰騰的麵，根本是涼麵，而且老闆忘記加調味料，一大盤冷清。大選期間，街上到處都有海報、看板，但密度、花樣比不上臺灣選舉。我在臺灣最厭惡拜票車隊，一路拉鞭炮屎，漫天垃圾傳單，鑼鼓攻腦，爛嗓喊空洞。大選期間的臺灣最醜最鬧，過度修圖的選舉人醜照占據城市鄉野，抹黑潑糞，子彈亂飛，家人情侶朋友陌生人都在吵。相較之下，德國選舉真是無聊，街上無車隊，我去的這些政黨活動，都是嚴肅演講，民眾發問，沒人喊「凍蒜」，沒明星站臺，沒悲情配樂，沒繽紛燈光彩帶，一旁甚至沒有攤販賣鹽酥雞，有些小黨場次只出現三位民眾與一隻狗（後來大家都在玩狗，忘了臺上有候選人），我坦承，我這外人總是呵欠提早離場（且偷偷懷念陳菊的肺活量）。

不同的政黨有不同的選舉口號與政見，但幾乎每場演講都會提到德國另類選擇黨（AfD）。政壇憂心忡忡，這公開炒作仇恨的排外政黨，到底會在這次德國大選獲得多少選票？

結果德國另類選擇黨順利進入國會，且在德東薩克森邦（Sachsen）取得二七％高票，成為該邦第一大黨。

德國另類選擇黨篤定成為德國第三大黨之後，核心領導人亞歷山大・高蘭（Alexander Gauland）立即對著鏡頭大喊勝選宣言：「我們會獵捕他們，我們會不斷獵捕梅克爾女士還有其他人，我們會奪回我們的國家與我們的人民。」（Wir werden sie jagen, wir werden Frau Merkel oder wen auch immer jagen. Und wir werden uns unser Land und unser Volk zurückholen.）

他用了動詞 jagen，亦即「獵捕」或「包圍」，甚至可以翻譯成「捕殺」。「民粹」是很難精準定義的政治詞彙，但他使用了「獵捕」一詞，的確就是民粹手段。他說會奪回「我們的」國家與人民，就是使用窄化的排他主義與廉價的愛國主義，川普也很擅長。他的勝選感言成功煽動仇恨，現場響起歡呼聲。

我馬上把電視關了。

事實證明，民粹有效，因此川普當選，英國脫歐。難民潮湧入歐洲，德國另類選擇黨開始以誇大的語言醜化難民，抹黑伊斯蘭，黨員馬上開始暴增。這幾年，此黨持續反歐元，反歐盟，反邊界開放，反難民，反伊斯蘭，反同性戀，反德國繼續反省戰爭罪行，從未有有建設性的政見。此黨一路在德國地方選舉開出紅盤，滿口仇恨的政客入主地方議會。每次歐洲發生恐怖攻擊，此黨就馬上發出更多反伊斯蘭的宣言，繼續壯大。

這次大選期間，德國另類選擇黨在全德國張貼的選舉海報，依然訴諸國族主義，網羅最保守的選民。例如海報上躺著一位燦笑的白人懷孕女性，標語寫：「新德國人？我們自己製造。」（Neue Deutsche? Machen wir selber.）這海報的排外訊息非常明顯，意思是白種德國人生的孩子，才是德國人。另一張明顯針對伊斯蘭而來，海報上是海邊的三位比基尼女士的背影，標語寫：「波卡（伊斯蘭女性罩袍）？我們喜歡比基尼。」（Burkas? Wir steh'n auf Bikinis.）這張海報表面訴諸「女性身體自主」，直指伊斯蘭女性地位低落，被迫包裹全身，傳達「自由的德國不歡迎壓迫女性的伊斯蘭」。但難道女性在沙灘上穿比基尼，就代表性別平權？伊斯蘭女性地位的確有待提升，但在選舉文宣上直接攻擊宗教服飾，而不提出政見，就是煽動對立。此黨的競選海報訴諸狹窄的民族主義，不惜物化女性，選戰文宣不求美感，只求分化。

我身邊所有可以稱為朋友的德國人，全部都反德國另類選擇黨，我走不出同溫層，我很想知道，到底是哪些人看了這些劣質海報，會把票投給他們？想不到，我在一個臺灣僑胞的聚會上，意外走出同溫層。兩位持有德國護照的臺僑，聊著難民，滿口嫌惡，表示已經透過通訊投票（Briefwahl）先投票，票全部都蓋給德國另類選擇黨。他們說，難民憑什麼來浪費他們繳的稅？他們說，難民都是恐怖分子，會強暴女生。他們說，聽說最近柏林竊盜很多，一定都是難民。我問，請問你們有接觸過難民嗎？他們馬上大喊：「才沒那麼倒楣！」

我選擇走開。

我要怎麼開啟對話，而不動氣？難道他們忘了納粹？還是根本不知道納粹？難道他們沒想過，排外是非理性的民族主義，今天箭靶是伊斯蘭，明天可能就是東亞人？難道他們不知道，把其他的少數族裔踩在腳下，並不會提升自己的種族地位？

德國出現難民危機之後，我去難民中心幫忙搬物資，自願當敘利亞男孩的英文家教，報導難民劇場、難民合唱團，因此認識了許多敘利亞難民，每個都有自己的獨特故事，「伊斯蘭、悲情、男尊女卑、恐怖主義」這些標籤根本無效，我遇到的那些人，有無神論者、女同志、男同志、基督徒。跟你我一樣，他們都是人，悲苦離散，渴望安居。恐怖主義的確棘手，但封閉的民族主義根本解決不了恐怖主義，甚至會助長其發展。納粹曾把狂熱民族主義發揮到了極致，殺戮不能重演。

我這個住在柏林的外國人主動涉入，因為，這是我的個人反抗。我沒選票，所以我去主動接觸，消除自己的偏見，努力把故事說出去。但真正遇到兩位投票給德國另類選擇黨的臺灣僑胞，我認輸。我猜，他們應該也深愛川普。

大選開票當晚，全德國各地就出現了許多大型的抗議極右派的遊行。社群網路出現了 # 87prozent 標籤，德國另類選擇黨得票率將近一三%，許多人大喊我沒投票給德國另類選擇黨，我們是其餘的八七%。德國戰後首次有一大群滿口仇恨的政客即將進入國會殿堂，一路只會反對的政黨，在國會殿堂會說出什麼樣的激昂言論？他們如何兌現他們給選民的承諾？他們如何驅趕難民？他們如何捕殺梅克爾？他們如何奪回「他們的」國家？其餘的八七% 是多數，一定會努力阻止極右暴力。但，會不會下次大選，仇恨繼續壯大，歷史變色？

選後和一群德國朋友聚餐，每個人都憤怒，無法想像這些人進入國會之後，德國政壇將會出現什麼樣的震盪。其中一位朋友說他在選前透過關係混入了德國另類選擇黨的私人造勢晚會，我聽完才發現，我稱我去過的那些場合為涼麵，是因為那是正常政治拉票，理性對話本來就溫和，理性需冷靜，旁人當然不用喊燒。朋友去的那場德國另類選擇黨的活動，每個人的手機都先沒收，有安檢人員確認大家身上沒有錄音、錄影設備，然後關門，嚴禁進出。黨員們輪番上臺辱罵梅克爾，詆毀伊斯蘭，罵外國人來德國搶工作，激昂之時，有年輕人手臂高舉，行納粹舉手禮。現場，有稚齡孩子。

仇恨熾烈，這碗麵，旁人不用出聲喊，絕對燒。這碗麵要是真的端上桌，吃麵者，旁觀者，無一倖免，全都會被燙傷。

選後，我身體深處隱隱作痛。痛慢慢浮現到表層，化為憤怒，這一二·六%的得票率，根本是個熱辣辣的巴掌。我是持臺灣護照的外來者，少數族裔，男同志，完全符合「獵捕」條件。我是在許多演講裡，盛讚德國充滿戰爭省思「記憶文化」的作者。我來自島國臺灣，那裡聽到德國就稱讚，奉之「轉型正義」典範。

加入＃87prozent，這場對抗仇恨的戰役，剛剛開始。

叛逆漢堡

我深愛柏林，但最近移情，想搬去漢堡。

漢堡是親水大都，易北河浩浩蕩蕩，河港風情閑適，風與水皆療癒。城市是鬱悶滯留之地，高樓窄巷蝸居皆是魔，久住邪魔侵身，身體憋悶，苦無靈藥可除焦慮。漢堡無逼人高樓，綠樹蔥翠，街道舒坦。若瑣事積聚，往易北河去，看河港船務忙碌，風掣思緒，吹跑了許多細微。水有神奇療效，入河潛泳可滌淨，冰涼河水醒腦，出水忽然一身輕盈，上岸冷顫，抖甩肌骨，所有沉重都交付給河水，河滾滾朝北，心裡的魔一路被沖刷到北海。眼觀河面上的大小船隻，貨櫃裝滿全球化消費與慾望，大型遊艇載滿各國旅人，啟程與抵達，淚送笑迎，人生如此。忽見小艇，其上一對白髮老夫婦，一身光淨掌舵遊河，他們主動把屁股變成今日漢堡港口必看景點，我在岸上用力揮手致意，漢堡觀光最佳代言人。易北河支流阿爾斯特河（Alster）流經市中心，岸上盡是深宅大院，我喜歡沿岸漫步，

我每次到漢堡都會到造訪「上港口食堂」，
這是一間屋體傾斜的古蹟老餐館，菜單上都是漢堡當地特色菜。

貪看每戶百萬奢華，我這一身窮酸無法企及，觀富貴風流宛如讀小說看電影，腦中勾勒金銀揮灑場景。卻不羨慕，因事不關己，無嫉無妒。

漢堡表面皮肉光鮮，骨骼血液則藏有叛逆，城市不是富豪獨享，小人物也有存活空間。二〇一七年漢堡舉辦 G20 高峰會，爆發反資本主義的示威遊行，我在晚間新聞上看鎮暴警察與左派示威對峙，漢堡朋友 L 和 G 竟然出現在記者身旁，高舉抗議川普標語。德國終於通過同志婚姻，L 和 G 週末在漢堡舉行了小型私人婚禮，我受邀參加。新人包下河上船隻，沿岸對著漢堡狂吼，香檳灑入河面，北德人傾向內斂，表情通常清淡，婚禮這天破例，整船哭笑盡興。新人皆從事港口相關行業，熱衷社運，漢堡有任何反霸權、反歧視的遊行，兩人一定衝在隊伍最前面。船上婚禮賓客多元，有敘利亞難民、漢堡富豪、性工作者、戰地記者、社工、演員、窮作家、貴公子，貧賤與富貴同舟，喧嘩鬧河。

婚禮餐點是典型的北德港口食物 Labskaus，魚雜碎和豬牛碎肉攪成泥，以鮮紅甜菜根染色，上面鋪上一顆荷包蛋，佐醃黃瓜，視覺與口味皆強烈。大家想到德國食物，烤豬腳一定馬上說出口。其實德國各地皆有其獨特美食，Labskaus 就是典型的漢堡名產，不到漢堡還真不容易吃到。我每次到漢堡都會造訪「上港口食堂」（Oberhafen Kantine），這是一間屋體傾斜的古蹟老餐館，菜單上都是漢堡當地特色菜，早年水手上工前飢腸轆轆，衝進餐館，時間有限，必須快速吃到高蛋白高熱量的餐點，才能面對一天的辛勞，所以漢堡當地道地美食皆有生猛海味，盤上粗大氣勢呼應港口興盛。這家餐館窄小，容納不了幾桌客人，時時塞滿饕客，甚至有人直接複製這棟小屋，擺放在柏林，讓柏林的漢堡人一解思鄉。

婚禮船靠岸，一行人進入一九一一年完工的舊易北河隧道（Elbetunnel），這是L和G相遇之地。此隧道深入地底二十四公尺，隧道總長四二六公尺，是二十世紀初的人類重大工程，行人、單車、汽車皆可搭乘電梯深入地底，通過隧道，抵達易北河彼岸。多年前的夏天，L與G騎單車，在隧道裡擦撞，起身互道歉意。歉意成愛意，地底隧道不見陽光，卻出現了彩虹。我們走過河床下的隧道，彼岸有香檳等著大家。一出隧道，陽光正好，剛剛對岸又風又雨，這岸卻晴日無雲，全新完工的易北愛樂廳就在河面上，迎接各國船隻，祝賀今日新人。易北愛樂廳的波浪造型實在絕美，日夜璀璨，我身在其中聆賞古典音符，音場無瑕，耳朵無憾。

搭火車回柏林前，剛好經過租屋仲介，一看房租，竟是柏林雙倍。窮酸瞬間澆熄移情，眼前的易北河忽然冰冷無情，一陣冷風來臉上甩巴掌。甘心回柏林，滌淨不一定要易北河，我家附近那家簡陋游泳池，入場券只要兩歐元。

胖瘦

這個秋天我接了德國電視喜劇小角色，為了符合劇中人形象，我刻意減重八公斤。其實我之前就不胖，雖然稍微超過身高體重指數（BMI），但健康開心。我為戲落髮，大光頭配上清瘦臉龐，鏡子裡是全新的自己。

想不到，我卻得到了許多臺灣人的當面「指教」。

在有臺灣人的外交場合，很多臺灣人當面評論我的新身材：「你太瘦了，這樣不好看。」「你生了重病嗎？這麼瘦氣色不好啊。」我實在是無法一一解釋，微笑不語，畢竟身體是自己的，胖瘦都是我的事。同時間，有另外一位臺灣僑胞豐滿了一些，她也一直收到指教，一直有臺灣僑胞跟她說：「妳變胖了！這樣不好看！」

我才驚覺，原來我從小生長在一個身體批判的文化裡，我們總是愛干預別人的身體胖瘦，說是關愛，但其實這根本是用自己的身體標準去當面批判別人的身體。所謂「身體自主」，就是自己關愛自己的身體，至於別人的身體是別人的事，我們出口指教，就是多嘴。

一位好友跟我說了一段往事：成長過程當中，老師、同學、父母都說她胖，結果她吃完東西就習慣自我催吐，有一陣子得了嚴重厭食症，入院治療。但她在所有人面前都強裝笑容，一直說：「我會減肥！」

我們不是量產的機器人，每個人都是獨特個體，有胖有瘦有高有矮。批評他人身形，不如把時間留給自己的身體。不管胖瘦，都請感謝自己的身體，原諒自己的缺陷，也接受他人的不完美。

標準

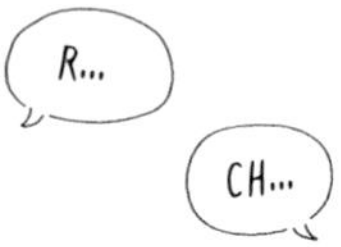

好友正在學德文，要求自己發音要標準，但r與ch的音刁頑如鞭，在口腔裡不斷凌虐舌頭。好友沮喪，瀕臨放棄。我請他放鬆，放舌頭一馬，學外語是為了搭建溝通橋樑，不一定要追求所謂的完美「標準」發音。

所謂的「標準德文」（Hochdeutsch）的定義其實很複雜，說德文的國家不只德國，奧地利、瑞士、義大利北部都說德文，每個地區又有不同的口音與用語。光是德國境內，就有許多不同的腔調、方言。

我非常喜歡南腔北調，因為口音標註了一個人的出身，仔細聆聽口腔發出的那些顯著或者細微的發音，可以猜測對方出身的地理位置。溝通首重善意，口音腔調只是小障礙，專注聆聽，多點耐心，障礙往往就能排除。

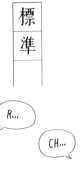

回想我自己在臺灣學英文的過程，許多老師的英文發音其實都很有「個人特色」，不見得都符合臺灣對於「北美標準腔調」的要求。但我一路多聽多學，保持好奇，對於各個英語國家的不同口音、詞彙都很有興趣。我有一位好友在美國因為說著一口「臺式英文」而被嘲笑，我跟他說，要對自己的出身有信心，聆聽者在對話時聽出了臺灣，大可笑說謝謝，來自臺灣而有臺灣腔，本是自然。母語會影響外語學習，若努力過仍然無法說著一口本來就很難定義的「標準英文」，不如就擁抱自己的口音吧，不要因此懼怕開口。

口音是導航，帶領我們回到母語，標註我們的地域。自信是最好的外語發音準則，願意多說，不怕犯錯。「標準」很難制定，學外語是為了讓語言風景更開闊，風景哪有既定的標準呢？

尊重他人腔調，珍視自己口音。搭善意的語言橋，讓不同的音色，都能安穩過橋。

丟掉聖誕節

她不要聖誕節，丟掉。

三代傳家木櫃，安靜置在公寓角落，掀去蕾絲花布，撢離灰塵，露出精緻雕花、沉穩木紋，她對我說過，這是二十世紀初的波蘭手工櫃，戰時房子被炸，人死屋毀，這櫃子卻沒事。我問她，木櫃該不該留下？她眼神越過我，穿過木櫃，離開這住了二十年的公寓，去很遠的地方。她堅定搖頭說：「那不是我的。」

坐了二十年的搖椅不是她的。小碎花春天色調的沙發不是她的。丈夫的舊照不是她的。陽臺上的橄欖樹不是她的。詩集小說不是她的。衣裳高跟鞋不是她的。搖頭不肯進食，拒絕服藥，說自己很健康，吵著要回家，但完全不認得這個住了二十年的公寓。

丈夫中風過世後，她賣掉郊區的房子，搬到濱波羅的海的都市公寓，開始獨居。她出生在傳統天主教家庭裡，嚴父嚴兄，結婚後，服侍丈夫，教養獨子，一直想去遠方旅行，但丈夫放假只喜歡在花園種花。丈夫走後，她自己挑公寓，選沙發，英語不靈光，但獨自飛去澳洲拜訪童年手帕交。自己，真自由。獨居老人似乎有悲情色彩，但她真心享受獨處。

認識我之後，她說想去臺灣。後來真的成行，我們在士林夜市吃鐵板燒，去國家劇院看舞蹈。

去年，電話上的她，語言混亂，說有人要殺她。我們隔天出發去海邊城市拜訪她，電鈴不應，門不開。報警，消防隊破門而入，她躺在床上。醫生問，今天幾月幾號？她答，一九四九年，有空襲。廚房裡堆滿腐臭食物，果蠅狂歡。

急診醫生判斷，她已經超過三天沒有進食喝水了。她拒絕進食，一直說有人跟蹤她，要殺她，原本性情溫柔的她，出手打護士。

失智，妄想，寫進病歷。上個聖誕節才見過她，當時硬朗，不過半年，怎麼就失智了？醫生無解答。老同事搭了六小時的火車來，親戚，老友，一個接著一個來醫院，她搖頭，不認得，都不認得。手帕交聽聞病情，特地從澳洲飛來，握著她的手，哭出聲，說著少女往事，還有澳洲旅遊，記不記得，雪梨房子後院那隻毒蛇？毒蛇咬破失智，腦子突然清晰，她認出手帕交，是妳，是妳啊，妳怎麼在這裡？澳洲天氣這麼好，妳為什麼回來這麼冷的德國？兩個人相擁大哭，我和護士退到門外去哭。兩個老人哭了好久，淚裡道過往。擦淚時，皺紋又深了一些。

隔天，她不肯握手帕交的手，一切又忘了。「誰？我不知道那是誰。我從沒去過澳洲。」

她無法料理自己生活，必須遷入全天照顧的失智機構，公寓退租，裡頭累積了二十年的記憶，必須處理。這是她一手打造的家，誰有權力，決定什麼該留著，什麼該丟棄？在醫生同意下，我們把她帶回公寓，一件一件物品問她，該丟，還是，搬去安養中心？

「不是我的。都不是我的。」

安靜的古董木櫃裡，藏著熱鬧的聖誕節。她重視聖誕節，總是會去市場拖回一棵聖誕樹，用老唱盤放聖誕歌曲，把從小到大收集的聖誕飾品掛上去，放上燈飾，如此星星閃閃熱熱鬧鬧，過節才完整。櫃子裡塞滿聖誕飾品，鈴鐺，蠟燭，星星燈罩，花圈，玻璃球，木偶，一年出櫃一次，熱鬧一次，然後分類收回紙盒，回櫃安放。

櫃子尺寸過大，其實根本無法搬去安養中心的房間，請親戚接收。那裡面的聖誕節呢？時間亂序，節日失去了意義，後院秋楓金黃，她說外頭正在下雪。只要在德國，聖誕節我們都會來陪她過。她烤蛋糕，煮大餐，穿上新買的鞋，說著從小到大的聖誕記憶。戰後物資缺乏，爸爸一定會想辦法讓大家在聖誕夜吃飽。後來吃過世界各地美食，最想念的，是媽媽親手做的馬鈴薯沙拉。

現在，她對著聖誕節猛搖頭。不要，都不是她的，不留。

累了，她在輪椅上睡著。

她醒來時，眼神和公寓，都空。

她拉拉我的手，喚我的名，想起身。

我知道，她，想去遠方。

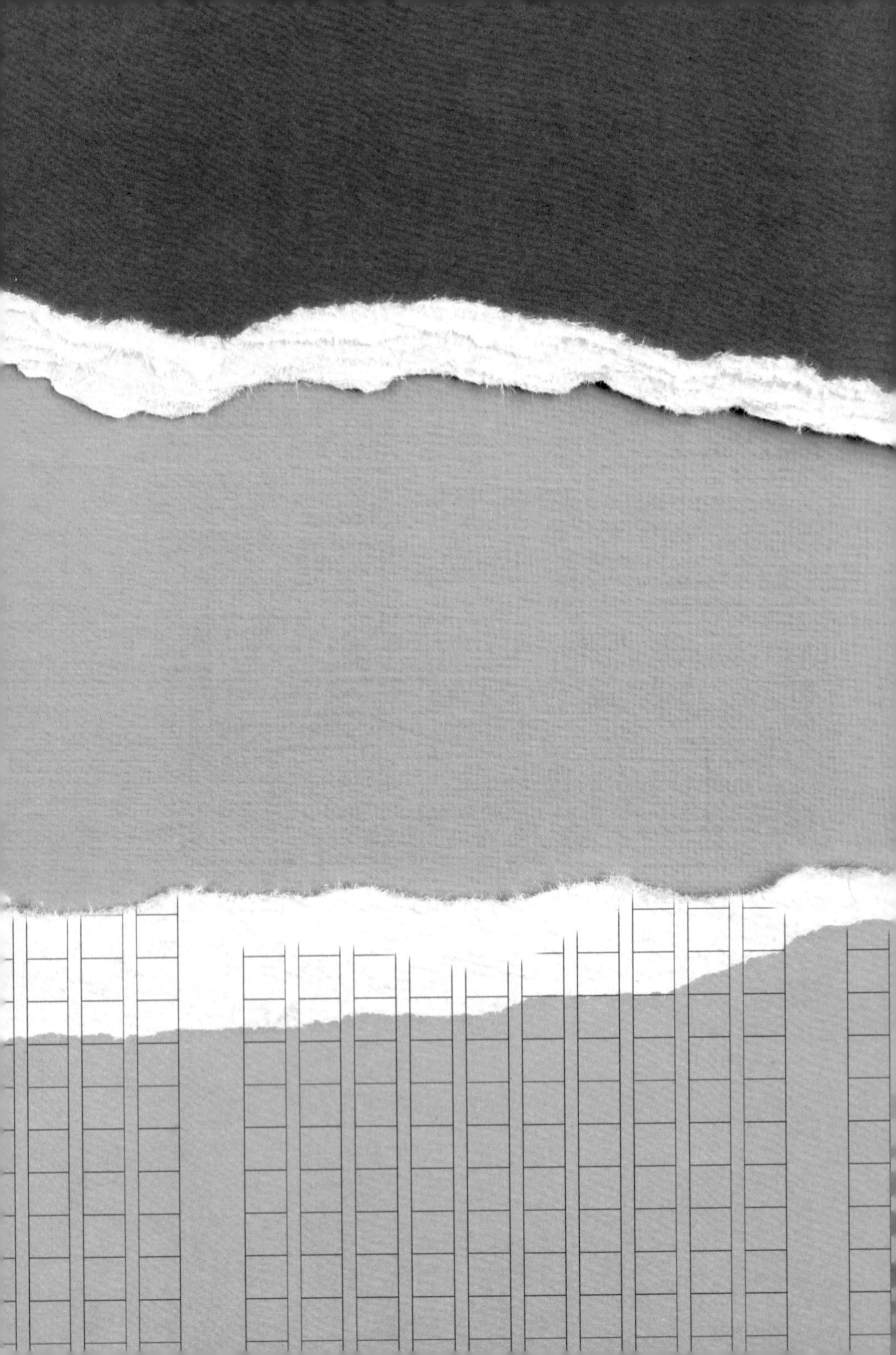

卷三、旅行身體

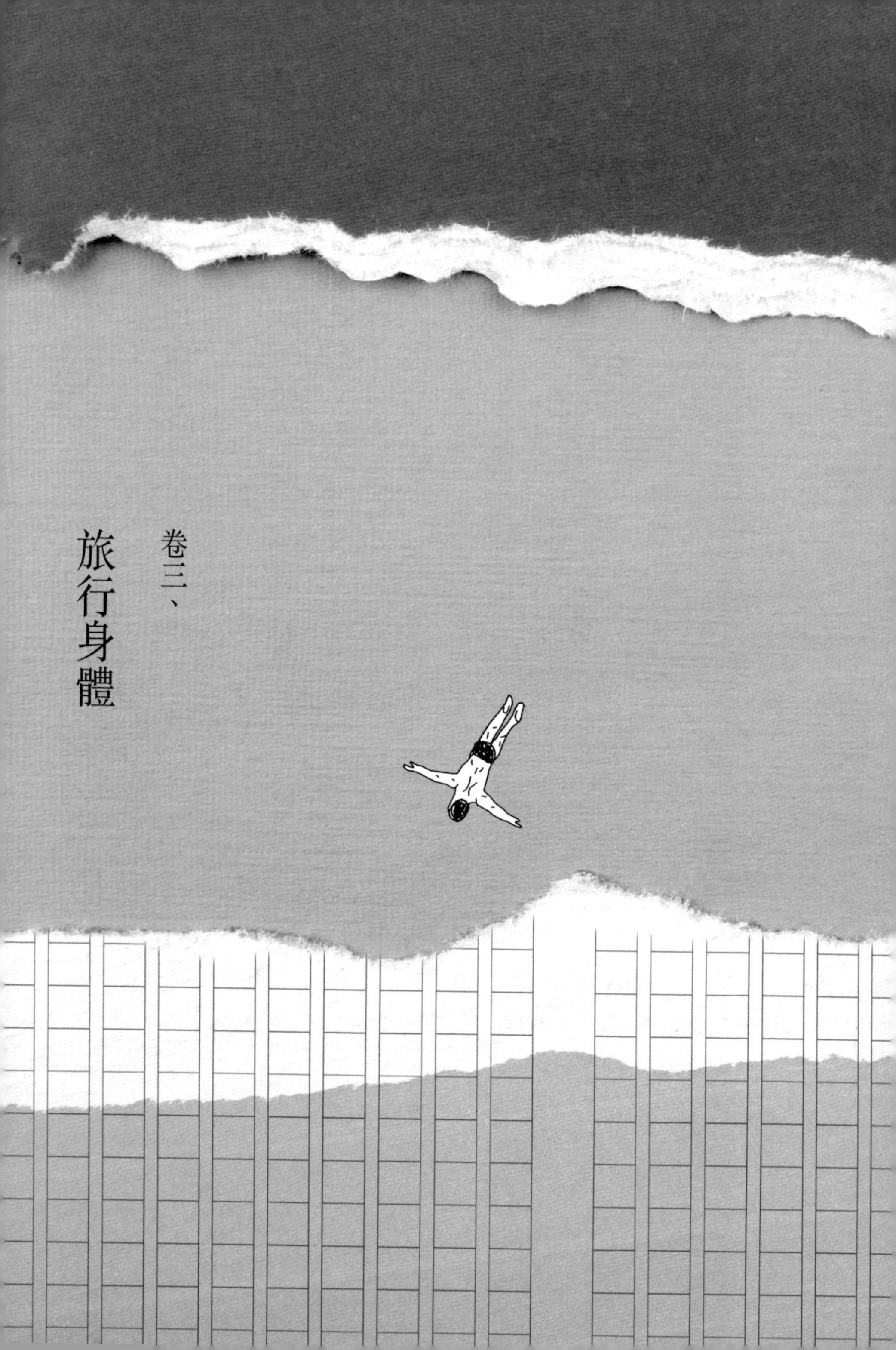

帶二姊去旅行

挪威卑爾根（Bergen）多雨，北國八月，霪雨侵鞋，惡風刺骨，我帶二姊在港口木造老城區布呂根（Bryggen）繞，下個行程預定搭纜車上山，俯瞰古城港灣，但我身體裡有睡意風暴，我小聲試探：「吃完中飯，我們回飯店睡午覺好不好？」二姊抬頭看山頭雲氣跋扈，大概想到多年前我曾帶她去蘇黎士山頭說要俯瞰，也是此般雲霧天候，遠眺古都沒成，拍出來的歐遊照片卻有靈異感，她此刻竟然點頭，沒再提及攻頂一事。

說「竟然」，因為二姊體力充沛，沒看過的都想看，沒吃過的都想吃，就是捨不得休息。今年歐遊三週，我們從柏林出發，途經漢堡、慕尼黑、維也納、布達佩斯、奧斯陸，最後來到卑爾根，每天十點前出門開始精實行程，有時晚餐後還加河邊夜遊，飛機、火車、租車、渡輪都搭，陸海空滿漢全席，行李扛上扛下，她從不喊累。途中二姊還想多加行程：「聽說小鎮哈爾施達特（Halstatt）夢幻，我好想親眼看看！」「但從維也納搭火車去小鎮，當天來回要八小時！」「沒關係，我可以！」加碼再加碼：「聽說布拉提斯拉瓦（Bratislava）是個優雅的古典小城，不是在附近嗎？可不可以順便去？火車不是會經過，我們可以下車啊！」

我拒絕了二姊的順便。三週行程全由我一人策畫，票務住宿餐廳景點皆由我負責，中間若是有日期算錯、民宿突然被取消（這次果然發生了）、火車班機誤點的話，全都由我負責善後，二姊妳在我手上啊。況且，此刻歐洲並不太平，這次她剛從土耳其轉機到柏林，伊斯坦堡就發生政變，機場關閉，她驚險躲過；我們剛離開慕尼黑，就發生槍枝濫殺事件，慕尼黑封城，我們在維也納看新聞畫面，都是我們經過之地。此刻歐洲易碎，恐攻陰影尾隨，難民危機仍無解，我一個人可以亂闖，但二姊在身邊，我一路小心躡足搬運二姊，肩灌水泥。

那個陰雨的卑爾根下午，我們回到溫暖乾燥的飯店，極度認床的二姊竟然也睡著了。醒來後，她忙著煮熱水泡烏龍茶，讚嘆挪威水質，我在臉書上貼照、聊天。好友私訊：「天哪，我看你每天帶你姊這樣跑，她身體能負荷嗎？」拜託，當然能！她明明認床每晚都睡不好，但隔天就是能走能跑能跳，逛博物館不打哈欠，再遠的路都願意走，手上八個購物袋不用弟弟提，從不嫌肩上單眼大相機重，根本不會游泳也敢在並非太淺的布達佩斯溫泉池裡快速走動，葡萄牙重鹹乾鱈魚與挪威鯨魚香腸都試，路況不熟還是敢從葡萄牙開車到西班牙，一夜無眠也沒化妝臉色就是比我明亮，在柏林地鐵遇到露雞暴露狂比我還鎮靜，她身體待機時間恆久遠，朋友你該擔心的是她弟吧。黃麗群在〈帶你媽去東京玩，有時還有吵架〉一文裡寫大家帶媽媽出門遠行的微妙心理，「是白馬與唐三藏的故事，是驢子與史瑞克的故事」，我讀到拍桌大笑。帶長輩出門，我是真的把自己當白馬與驢子，因為度假的不是我這個九弟，是二姊。

「找弟弟」是這幾年二姊的度假模式，弟弟定居柏林，只要訂好歐洲來回機票，其餘都交給弟弟計畫。我熱愛旅行，也喜歡計畫行程，但我的假期結構鬆散，漫步亂走，知名景點沒看到不介意，但要住好睡好吃好，花很長的時間慢慢吃飯，找巷弄裡咖啡館小書店小餐館，公園裡看人摸狗讀書，晚上去當地劇場看戲，超市逛整天，行程似乎文藝，但其實就是個懶文青，走路如兔輕盈，心境如龜緩慢，且一定要有大量的睡眠。但幫二姊企畫旅行，我必須啟動「二姊模式」，行程結構必須堅實，殺龜保兔。

二姊喜歡搜集熱門景點，旅遊書上有寫的、部落客大推的、電視旅遊節目拍過的、電影鏡頭掃過的、大排長龍的，她都要。我厭惡排隊，為了登巴黎聖母院頂，我們起了個大早，還是排了將近兩小時。我傲慢，（文筆太差的）部落客大推的我都質疑，旅遊書上寫「必遊」「必吃」，我就偏偏不想遊不要吃，我愛跟這個世界做對，對象包括無辜的旅遊書與網路。但二姊耐心如海，排隊好，憋尿可，慢一點沒關係，繞路無所謂，好不容易從彰化來到了歐洲，她要從聖母院頂樓、巴黎鐵塔頂端看巴黎，在貝倫（Belém）吃到百年蛋塔配方，在新天鵝堡裡臉書打卡，在布達佩斯慢等一碗匈牙利燉牛肉，在波多萊羅書店（Livraria Lello）開門那刻就衝進去拍照。老實說，要不是因為我姊的勤奮，許多景點我都會略過或者遠觀，排隊兩小時進入某教堂某城堡，與在飯店游泳池畔讀書上網睡覺之間，我一定毫不考慮選擇後者。二姊讓我看清自己的傲慢與驕寵，我的「沒什麼」，是二姊的「好難得」。

二姊熱愛博物館，她喜歡古典藝術，文藝復興、浪漫、印象最得她胃口，我則是喜愛現代藝術，老覺得印象派根本就拿來印床單，大量複製（許多人口中的文創）讓我煩躁。行程裡我一定安排古典美術館，不催促，讓二姊在荷蘭國家博物館裡盡情凝視林布蘭的名作《夜巡》，左看右看，近看遠看，自拍上傳，Line 給所有親友。我其實懼怕旅行的博物館行程，短時間內瀏覽千百幅，密閉空間裡窒悶且少有座椅，大約在第二十幅，哈欠就會占據我的臉，大師千古名作，我睡眼相對，不看藝術，反倒開始看人。但二姊遇見大師，激動歡騰，全部都是她在圖冊裡看過的，跋涉千里終於相見，她跟梵谷自畫像合照，與孟克一起吶喊，我呢？姊妳慢慢看，不急，我去咖啡館等妳。今夏維也納的美景宮（Schloss Belvedere）最適合二姊與九弟，姊姊入宮去看克林姆的《吻》，我留在戶外看艾未未用地中海難民救生衣做成的大型裝置。這其中當然有耐力的差別，二姊吻了一整天，九弟與艾未未半小時，就滾回民宿睡大覺。

購物是旅程重點，二姊買東西，滿是人情債。她在柏林必買臺灣人鍾愛但大部分德國人都沒聽過的百靈油（China Oel），我去採訪過那家位於柏林南邊的小工廠，老闆說，銷量大增，都要感謝臺灣。我姊買百靈油，自己留兩罐，其他都是要送人，親友同事老闆名單一大串，還有根本沒見過的人傳訊：「聽說妳去德國，幫我帶五罐好不好？」進入德國美妝店，大罐的潤膚乳液抓五罐，維他命發泡錠抓二十罐，大姊要五姊要鄰居要同事要山上的嬸婆要住海邊的舅公要。姊！妳知道液體不准隨身帶上飛機，一定要託運，妳知道這些有多重吧？唉呀！知道啦！但該買還是要買啊。她海派交遊，訪友、出差必帶小禮物奉上，人情蓋成摩天樓，旅行時一直掛念誰誰誰的東西還沒買。我是個討厭鬼，交情再好的朋友託我買什麼醜陋的美式連鎖店城市咖啡杯，我就會爆出：「拜託！人在歐洲喝什麼美國假咖啡啦！那杯子醜死又重又易碎，我才不要去幫你買！」外甥女託我買一大罐德國某牌身體乳液，馬上被我拒絕：「那麼重，我才不要，臺灣又不是買不到乳液。」幫人購物其實真的會干擾旅遊，不識相的還會一直傳 Line 問：「買到了沒？到了那家店可不可以跟我視訊？退稅順不順利？」我會立即封鎖此人，日後見面連招呼都省，但二姊一定使命必達，人稱代購天使。

二姊超重的行李塞滿禮，自己的反而不多。我搬出「自己主義」勸導，要二姊多為自己活，這是妳的旅程，妳的人生，那罐眼霜想要就現在擦，那盒茶包想喝馬上泡，薄荷嗆辣的百靈油直接塗抹全身，姊，妳一輩子當女兒人妻媽媽，幾乎沒為自己活過，好不容易這幾年可以來歐，購物留給自己好不好啦。二姊出生在困頓的臺灣年代，我爸是彰化鄉下三合院裡的長子，其他兄弟皆得子，我家這房卻連生七個女兒，成為父權制度下最低等。或許因為窮苦，被打入低等，二姊從小強悍，和男生打架必贏，手打蟑螂，肩扛貨物，煮菜養豬，爸爸開貨車載重物，她隨車當助手。爸媽殷殷期盼兒子到臨，可承家業，可光宗耀祖，卻忘了身旁一群女兒的勞力奉獻。我哥排行第八出生，被寵成笨蛋長子，欠債潛逃，臺灣鄉野有太多長子敗家故事，我家也有一個。我第九老么，嬌弱愛哭，此生扛過的唯一重物是健身房裡的器材，明明來自彰化農家，專長卻是謀殺桌上盆栽。二姊的身體看似現代都會，多看幾眼就會看到臺灣鄉土勤奮，她總是跪在地上擦地，每晚用手洗衣，殺蟑滅鼠，幾分鐘內變出一大桌菜，果真是大家庭的長女。她從小種過稻，犁過田，少女時代就進工廠打工，中學時丟鉛球、短跑，創下的記錄，至今沒有學妹能打破。我說妳辛苦幾十載，當媽當妻這麼辛苦，出來旅遊就為自己，大膽拋棄人情吧。

但這是我的傲慢說帖，我是重男輕女的既得利益者，我沒當過家長，我跑跑跑跑到了柏林，我的身體不在講求人倫道德的臺灣系統裡，我當然可以輕易自私，大喊自己。但二姊的身體處在一個龐大的人情體系裡，在她的脈絡裡，人與人緊密，飯食共享，同舟共濟（真的，她要借車，隨時有一群朋友把鑰匙遞上，Uber 發明前，網路出現前，我姊就有一套叫車系統，且免費）。她的旅遊不可能是自己的身體獨享，絲巾買十條，自己留一，其餘發送，親友臉上綻放的收禮笑容，也是她自己的笑容。我輩在社群網路上傳照片，名為「分享」，實為炫耀。她輩在社群網路上寫兩句，真心盼你在此，最大心願是和兒女同遊。在西餐廳明明大家都單點，到最後一定是你夾我的我試一下你的，菜乾脆全部擺桌子正中央，吃成大合菜，像一家人，彷彿回到小時，我們一家十一口擠著吃飯，菜不豐盛，人溫暖。

二姊喜歡 airbnb，帶廚房的房型最佳。我帶她去各國市場買菜，不管買到什麼歐洲當地食材，回民宿煮，最後一定是一桌道地的臺菜。我幻想二姊可以在旅遊頻道推出節目，節目可稱《彰化二姊，歐洲上菜！》，示範如何在歐洲煮出松露菜脯蛋、朝鮮薊佐西螺醬油、法國白酒麻油雞、臺灣大腸包德國小腸之類，聽起來荒謬但真是美味的跨國混種。

二姊來歐洲，老是忘東忘西，轉接插頭、旅遊指南都留在家裡，但絕對不會忘記日本象牌的保溫瓶。不管天氣再熱，二姊一定要隨身一罐保溫瓶，裝滿熱水，隨時喝。旅行時回到住處，二姊第一件事就是洗手煮熱水，任憑我一直說歐洲的生水可喝，她就是一定要把水煮熱，殺菌，才能入口。上飛機她跟空姊要熱水，她不懂歐洲人老愛喝冰水，床頭櫃一定要放一壺保溫熱水，阿姆斯特丹夜裡無眠，她起身喝熱水，忍不住發出滿足的聲響。養生？保健？習性？傳統？氣候？我一直不懂這熱水執著，直到我讀到舒國治在《理想的下午》裡的幾行字，我就忽然開朗了：「此種對熱水的依賴，或在於對一種文明人煙的渴望保有，亦即，對荒涼之不願受制。西方人，比較起來，不那麼怕荒涼。」

但對熱水的依賴也有破例，去年我們撞上西班牙南部熱浪，攝氏四十一度，二姊忽然不怕荒涼了，袋子裡的保溫瓶沒出來伸展象鼻，一路上灌了好幾瓶冰涼澎湃的水，那嘴舌嘖嘖稱好，一如阿姆斯特丹那夜。

好友蘇珊、維尼上週來柏林找我，我們同遊巴黎，一路上我們說著長輩的旅遊習性，二姊的故事讓她們呼喊：「我媽也這樣！沒有熱水她會崩潰啊。」我們不想框架、窄化母姊長輩的媽媽身分，但她們都曾經濟匱乏，身體因性別與時代被制約，在戒嚴時代遙想遠方，羨慕三毛的撒哈拉，終於在新世紀能自由遷徙，帶著熱水瓶闖天下，媽媽們身處島嶼北中南，彼此毫無關連，但身體就是有許多相似共通。我們這代吃好穿好，買了機票隔天就飛，大概真不懂荒涼真義。

隔天，巴黎太陽消失，風來雨來，大家都受了點風寒，可惜可麗露馬卡龍閃電泡芙治不了咳嗽噴嚏。最後我們三人捧著熱水瓶，在左岸小口小口慢慢喝熱水，配菜是臺灣帶來的王子麵。那刻，熱水撫慰身體，脆麵打敗所有巴黎甜點，我們都覺得，與上一代似乎更接近了一些。

帶二姊去旅行，讓我看見了我自己的傲慢與不隨和。但我的傲慢在二姊身上其實無效，我旅行中所有不肯做的事，例如排隊、與名畫合照、與路上不知名雕像合照、看到教堂城堡就進去、買紀念品，因為二姊，清單全都打勾，一一完成。

很小的時候，我就嚮往遠方，彼岸，他處，越遠越好，彰化永靖讓我窒息，但我走不了。小村鎖喉，偶有喘氣空隙，就是姊姊們帶我去旅行，去臺北，去高雄，去臺中，去山林，我的個人世界若有任何開闊的可能，要感謝姊姊們的帶領。那些小規模、短暫的島嶼旅行，現在想起來，就是我的逃脫演練。

當時二姊應該沒想到，這個愛哭愛笑愛跟的九弟，有一天能幫她訂飯店、訂機票、找民宿、用各種可能的語言點菜、扛行李、看地圖、做口譯，當年的逃脫培訓有成，如今，他終於是有用的驢子，偷偷在人生貧乏履歷上寫下「二姊專屬導遊」的一匹白馬。

旅行若包含一丁點逃脫、自由，二姊都曾經給過我，如今換我這匹白馬，隨時奉陪。

彈孔、恐怖、雕像：布達佩斯的苦與甜

一九八九年，我十三歲，青春期夜襲，身體劇變，骨骼血液悶燒，抗拒上學，想去遠方。我開始聽英文歌，勤查詞裡生字，名為學英文，其實是因為這外文難解，在耳裡嘹唱陌生，跟著唱，身體就跟著去了遠方。我想跑，卻跑不了，只能留在彰化鄉下國中裡接受升學班老師體罰，就靠音樂帶我去旅行。聽音樂劇《棋王》（*Chess*），一首〈一九五六年，布達佩斯起義〉（*1956 Budapest Is Rising*）在我耳朵裡塞滿問號，一九五六年，布達佩斯發生了什麼事？布達佩斯在哪裡？同年，比利·喬（Billy Joel）發行單曲〈不是我們放的火〉（*We Didn't Start the Fire*），歌詞裡塞滿歷史人名地名，字典翻爛，根本聽不懂，詞裡也出現了布達佩斯。這年，中國發生六四天安門屠殺，柏林圍牆倒塌，我被迫背誦課文，世界正在叛變，

共產黨垮台之後，布達佩斯市區有許多闡述共產美學的大型雕像，
全部都被「收容」到布達佩斯郊區的紀念公園。

我卻因為數學太差被體罰。我與世界毫無關連，不知自由。

我想去布達佩斯，因為，那四個字聽起來，真遠。我當時根本不知道，布達，與佩斯，是兩個城區。無法抵達，於是想像馳騁，圖書館的百科全書告訴我，多瑙河途經那城。

二〇一四年，我終於來到布達佩斯，多瑙河潺潺，古堡秀麗，地鐵便捷，燉牛肉誘人，我騎著單車，小巷晃盪，每日在布達與佩斯城區間穿梭，購物吃食，街邊喝咖啡。此城完全符合觀光客對於歐洲的刻板想像，大川城堡，古色古香，年輕人非常時髦，有首都人的昂揚姿態。

但我必須走進一九五六年，十三歲那年的提問，自己解答。

我在國會大廈前的科素特・拉約斯廣場（Kossuth Lajos tér），找到正在興建當中的全新紀念碑，碑上有彈孔，鋼鑄的材質上鏤空雕出「１９５６」字樣。一九五六年十月二十三日，匈牙利人民不滿當局以及蘇聯的掌控，上街抗爭。群眾激憤，拉倒史達林雕像，雄偉的狂人演說雕像倒地毀壞，只剩下一雙鞋。抗爭隊伍中，槍聲響起，平民死傷。蘇聯出動軍事武裝鎮壓，坦克開入，軍機空襲，無槍無砲的人民只能認敗，共黨極權再度掌權。一直到一九八九年，共黨才終於垮臺。匈牙利放棄共產社會主義，走向民主開放，往歐洲靠攏，成為申根國家之一。如今，紳士化全球化在布達佩斯大展身手，新的時尚大樓竄出，奢華品牌進駐，購物商場與歐洲其他國家一般商場幾乎無任何差別，一樣的商店、超市、貨品、定價，雖然匈牙利有自己的貨幣，但歡迎以歐元結帳。

紀念碑上滿是彈孔，提醒人們，這裡曾有革命，子彈穿過平民身體，生命隕落，家庭碎裂，國家勝利。我參加當地的行走導覽行程，解說人一頭白髮，說到宏偉的國會大廈，眉眼驕傲，談起共黨垮臺前的苦日子，不識何謂自由。他不斷強調一九五六年十月革命對匈牙利人的重要性，懼怕下一代忘了前人革命。廣場上的槍聲，給了後世和平契機。他問國籍眾多的我們：「你們的國家，是否有類似的歷史？」

許多人點點頭。族裔眾多，文化各異，但是政府的恐怖，是許多民族共有的集體歷史記憶。

恐怖之屋（Terror Háza）是布達佩斯極受歡迎的博物館，展覽主題是二十世紀匈牙利的法西斯與共產黨政權，紀念在極權下被淩虐審問甚至死亡的政治受難者。我在館內，一直想到臺北的景美人權園區。臺灣，匈牙利，獨裁鞏固政權的手法幾乎一致，一黨專政，不允許任何其他意見，政治迫害、屠殺、暗殺，然後全然否認。恐怖之屋外牆有受難者遺照，屋頂鏤空雕出TERROR 字樣，時空代換，這裡就是二二八，這裡有美麗島大審判。

長大後，自由後，旅途中，我終於聽懂〈不是我們放的火〉。

流行樂壇販賣情愛，〈不是我們放的火〉卻具有深刻的社會省思。這首歌的

恐怖之屋是布達佩斯極受歡迎的博物館，展覽主題是二十世紀匈牙利的法西斯與共產黨政權。

創作出發點是審視近代世界重要事件，雖是美國觀點，但充滿批判意識，燒出全新的流行音樂視野。文明演進，人類卻沒學到多少教訓，軍火商繼續大賺戰爭財，獨裁者更加狂妄，槍砲不歇，仇恨鼓譟。一九五六年的布達佩斯，對照近幾年的大型公民運動，那把火還在旺燒，人民只能起身，繼續對抗。

哪座城市沒有歷史傷口呢？城市要昂首，不是美容除疤、確保門面白淨閃亮就夠了。城市的內裡臟器中彈了，外皮再光滑，走個幾步還是會再度倒地。傷口必須敞開，必須治療，才有痊癒的可能。公開展示傷口，不是重新挑起族群對立，而是掘出歷史真相，讓禮貌的握手和解，變成熱熱的真心擁抱。

多瑙河畔不僅有美麗的城堡、豪宅、

匈牙利雕塑家久洛．包爾就在多瑙河佩斯城區河畔放置六十雙符合那時代樣式的鐵鞋，作品名稱為《多瑙河畔的鞋》。

餐館，還有一雙一雙的鞋，揭示城市的傷口。

二次世界大戰期間，效法德國納粹的極右派匈牙利箭十字黨興起，迫害匈牙利境內猶太人。在一九四四與一九四五年間，箭十字黨逼迫猶太人站在多瑙河畔，脫去鞋子，隨即行刑，被射殺的猶太人墜入河面，被水帶去遠方，血染藍色多瑙河。匈牙利雕塑家久洛．包爾（Gyula Pauer, 1941-2012）就在多瑙河佩斯城區河畔放置六十雙符合那時代樣式的鐵鞋，作品名稱為《多瑙河畔的鞋》（*Shoes on the Danube Bank*）。所有的失去主人的鞋皆朝向河面，向那些光腳落水的受難者致敬。我看到民眾把匈牙利國旗插在鐵鞋內，許多人置放白色康乃馨。屠殺是血腥的城市履歷，布達佩斯選擇面對。

從煙草街會堂（Dohány utcai Zsinagóga）走出來，剛好遇上大雨。煙草街會堂是歐洲最大的猶太教堂，整修之後內裝非常華麗，但納粹大屠殺的紀念展覽招來烏雲，人性依舊殘忍，納粹已經走入歷史，新的歐洲極右派卻逐漸壯大。

看完傷口，旅人嘴苦，需要點甜。

去知名的甜點店 Gerbeaud，糖分蜂蜜入胃，咖啡順滑，不夠不夠，雨勢仍大，嘴依然微苦。去塞切尼溫泉（Széchenyi fürdő）泡湯，池子裡幾乎都是上年紀的當地人，溫泉鬆骨，稍微紓解。亞洲觀光客忙著拍照，當地泡湯客在池子裡下棋、聊天，孩子追逐嬉戲，和平年代，才能悠閒泡湯。我突然想，共產黨在匈牙利執政四十年，怎麼布達佩斯看起來這麼不「共產」？街上那些歌頌領導人的政治宣傳雕像，都哪裡去了？我住在柏林，時常會在東柏林看到前東德政權興建的大型共產主義雕像，巨大陽剛，謳歌社會主義，怎麼我在布達佩斯街上看不到列寧，找不到馬克思？

原來，都被移去紀念公園（Memento Park）了。

共產黨垮臺之後，布達佩斯市區有許多闡述共產美學的大型雕像，渴望自由的人民把這些雕像剷除，驅趕極權的幽靈。這些巨大的雕像，全部都被「收容」到布達佩斯郊區的紀念公園。我搭了許久的公車，才抵達城市邊緣的荒蕪地帶，門口的列寧、馬克思、恩格斯召喚訪客，當年象徵權力中心的雕像，卻被拔除遷移到邊陲地帶。共產雕塑美學強調壯碩、集體、革命，所有大型的雕像被聚集在城市邊緣，看起來過時且悲傷。園區裡，複製了一九五六年被群眾拉倒只剩下一雙鞋的史達林雕像。這裡的列寧與史達林，變成任遊客拍攝紀念照的主題樂園吉祥物。曾經的獨裁權力象徵、所有陽剛雄偉的政治宣傳銅像，如今全部放逐邊陲。原來，這是獨裁的下場。

這裡讓我想起臺灣慈湖紀念雕塑公園，那裡，收容了各地送來的蔣介石雕像，成為露天雕像館。臺灣社會從威權走向民主，必須歷經轉型正義，其中很大的一步，就是去除威權時代的政治神話雕像。當年輕的世代根本不會唱〈總統蔣公紀念歌〉，當社會慢慢釐清獨裁者的真面目，這些原本鎮守教育單位、各大機構的蔣介石雕像，全部被剷除，聚集到此，騎馬的、安坐的、半身的雕像，建構荒謬的歷史遊樂場。我曾目睹新人在此拍攝婚紗，當初被尊為「人類的救星，世界的偉人」，如今成為婚紗照的背景，新人在鏡頭前嬉笑擺弄，做盡各種在威權時代會被視為「對領袖不敬」的動作。這齣政治神話，徹底崩解。

紀念碑上有彈孔，河岸上有失去主人的鞋，城市邊陲有雕像。有苦味，因為有血，有煙硝。登上丘陵，俯瞰城市與多瑙河，空氣裡香花綻放，岸邊有白色康乃馨，一絲甜。

都是旅行的滋味，歷史的滋味。

共產黨垮台之後，布達佩斯市區有許多闡述共產美學的大型雕像，
全部都被「收容」到布達佩斯郊區的紀念公園。

文青的都柏林

我仰慕的愛爾蘭作家柯姆·托賓（Colm Tóibín）在都柏林國際文學節發表新書，決定排出十天假，訪都柏林，聽作家朗讀。

我的都柏林行程非常文藝，入住飯店之後馬上去書店購買柯姆·托賓的新書，選了一家安靜的咖啡館開始閱讀。晚上聽作家朗讀，拿出珍藏的臺灣繁中翻譯請他簽名，作家去過臺灣，特別向我提到臺灣婚姻平權釋憲，為臺灣驕傲。愛爾蘭天氣多變，晴日我揹著喬伊斯的《都柏林人》，在利菲河畔、公園綠地漫步，找喬伊斯與王爾德的雕像，跨越貝克特橋（Samuel Beckett Bridge）；雨天躲進三一學院老圖書館，接著去愛爾蘭第一間公共圖書館馬胥圖書館（Marsh's Library），遙想喬伊斯在這裡翻找資料的身影。晚上進劇場看英式喜劇、現代舞蹈，在愛爾蘭電影中心看歐洲藝術電影。

文學、咖啡、戲劇、舞蹈、電影，是的，我在都柏林，繼續當文青。

文青這個身分在近幾年似乎變成嘲弄標籤，卡布其諾配筆電，黑框眼鏡搭潮衣，人稱做作。但我一點都不介意這個標籤，文藝對我來說，是生命日常。我寫字出版，需要題材故事，閱讀是日常基本，貧乏生活是乾枯的木，只能靠文字鑽出火花，下筆才能畫河流說彩虹。身體每日攝取蛋白質纖維質，精神也飢餓，每日汲取雜誌書籍詩句。誰都躲不了房租家事瑣事，但，一部黑白電影，一張老CD，一本絕版的小說，一張遠方來的明信片，解憂去悶。儘管笑我，文學讓我這個文青甘願平淡，清淡日子裡讀別人的濃烈人生。

英文系大一，文學課讀《都柏林人》，猛查生字、片語，短篇小說藏滿謎語。這次來愛爾蘭前，我重讀《都柏林人》，忽然都「懂」了。小說裡的夢碎、脫逃、愁困在身體裡槌打，胸有悶雷。原來當年不懂，不是因為單字陌生，而是稚嫩天真，當時父母健在，還未失戀，還沒徹底哭一場，以為夢想都會成真。

大雨，我撐傘在都柏林小巷裡找小書店，和鹹派小攤老闆話家常，他兒子最近要去美國工作了，派不加鹽巴就鹹，裡面有父親的憂。突然想吃一碗湯麵，廣式小館的老闆與兒子正在吵架，那對峙有英文廣東話，兒子甩門離開，父親僵笑端上一碗香甜雞湯麵。博物館裡有葉慈的青春肖像，畫家是他的父親，畫裡詩人身形完全符合文青形象，纖細敏感，身體正偷偷熬煮詩句。都柏林特別適合文青，陰慘天空逼出詩句，冰冷雨絲傳頌故事，襪子濕透沒關係，進小酒館點杯加了威士忌的熱咖啡，和酒保聊悲喜冷熱，旅遊就是人生。

我坐在王爾德雕像前，和旅伴討論婚姻平權。王爾德當年因為性向被判入獄，如今，愛爾蘭透過公投，已有同志婚姻。我在愛爾蘭期間，出櫃的同志政治人物利奧．瓦拉德卡（Leo Varadkar）當選成為總理。這殘酷的世界欠王爾德，於是我們爭平權。愛爾蘭通過同志婚姻之後，有沒有人倫崩壞？一般家庭有沒有破碎？

雨依然，風依然，樹依然，歧視者只肯閉鎖，都柏林敞開大門，優雅向前了。

都柏林王爾德紀念雕像。

康尼麻拉馬

愛爾蘭西港（Westport）的旅館櫃檯掛滿駿馬圖，不是出色藝術，但看得出畫家愛馬，樸拙勾勒，輪廓有情。老闆看我凝視畫作，笑著說自己就是畫家，接著向我推薦騎馬行程，愛爾蘭的馬，世界知名啊。我用力搖頭，直言怕馬，牠們身形魁梧，巨大眼珠藏有心機，馬蹄勁道駭人，我在電視上看過騎士墜馬畫面，騎馬飽覽愛爾蘭西岸大西洋壯闊風情？不了，老闆謝謝您。老闆的小女兒接著說，不用怕，是可愛的「小馬」（Pony）啊！我也有一隻，爸爸送我的生日禮物。我上網查詢當地名駒「康尼麻拉馬」（Connemara Pony），性溫和，耐力佳，不怕生，在各種地形上都能優雅行進，特別適合毫無騎馬經驗的遊客。我腦中出現短腿的可愛小馬畫面，盤算就算摔下，頂多皮肉見紅，不致於丟命。旅行釋放膽量，我平時懼高，旅行時卻試過彈跳垂降，在斷崖邊緣拍照，或許旅行魅力就在於脫逃，身體掙脫日常。怕馬，那就去騎馬吧。

到了馬場，我立刻後悔。康尼麻拉馬英文名雖然是「小馬」（Pony），但其實一點都不矮小，腿長壯碩，實品與名稱不符，請問老闆我可以退貨嗎？幾位年輕騎士女孩出來接待，請我換上馬靴，戴上安全帽，簽署切結書。馬廄裡一隻白馬對我甩頭，我鼓起勇氣伸出手摸牠，牠眼神溫柔，迎上我的手，摩挲有善意，讓我安心不少。騎士女孩問我對愛爾蘭有什麼印象，我回答美食驚人，她立刻決定讓母馬雛菊（Daisy）成為我的座騎。雛菊有乳牛斑點，我摸摸牠的頭，先鞠躬說謝謝，爬階梯上馬鞍，不斷對自己說放鬆。

騎士女孩快步躍上馬，教我如何用韁繩與雙腳給雛菊指令，左右轉、跑步、加速、煞車。女孩說，放鬆就沒事，雛菊非常聰明，騎士指令越清楚，旅途越順利。即刻動身，女孩領隊，雛菊隨後。一騎出馬場，壯闊的愛爾蘭西岸風景在眼前展開，蔥綠山巒盡是牛羊，古堡、農家、老樹，風有大西洋的淡淡鹹味，日暖雨柔，我貪看風景，忘了恐懼。雛菊穩定跟隨騎士女孩，爬山跨河，窄路遇卡車，馬匹自己懂得往路邊靠。平坦的草原上，雛菊開始小跑步，我身體跟著上下震動，溫暖海風讓我雙臂成翼，我有乘風飛翔的錯覺。最後我們騎進潮間帶，剛好退潮，我們一路走到大西洋海裡，泥濘鬆軟的沙灘完全難不倒雛菊，牠在水裡優遊前進，吃了幾口水草，不遠處的海島上，百隻海獅慵懶曬太陽。我終於懂了為何騎士女孩把雛菊分配給我，牠跟我一樣愛吃，野雛菊是牠最愛的點心，休息時更是埋頭大啖地上青草，人馬如一。

回程雛菊知道馬場有飼料等著，步伐急迫。我享受鞍上颯颯，一路跟雛菊聊天，謝謝牠讓我克服恐懼。進入馬場後，雛菊聞到了飼料，忽然快步往前衝，我反應不及，左腿撞上水泥柱，慘叫一聲，牛仔褲染血。

下馬脫靴，我把傷口給雛菊看，牠斜眼，繼續大吃。那眼神我懂，驚擾食客，罪該墜馬。

我的康尼麻拉馬：雛菊。

罵葉慈

到愛爾蘭，罵葉慈。

我十八歲從彰化北上讀大學，輔大英文系全英文教學，班上許多臺北同學英文銳利，我卻發音樸鈍、閱讀能力淺薄，傻笑遮焦慮。開學第一堂課是英美文學概論，同學們來自島嶼四方，剛掙脫高中教育桎梏，沒認真讀過文學，教授忽然丟出英詩、戲劇、小說，字典翻破，眼裡血絲扭曲成問號。最腐蝕青春的是英詩，明明只有幾行，但凝鍊詩句密度大，就算配上中譯，腦中依然濃霧。其中葉慈的詩作〈二度降臨〉（*The Second Coming*）最晦澀，教授預告期中考會出現這首詩當申論題，我和幾位好友試圖解讀詩中的基督教意象，懇求基督徒好友拆解詩句，她大聲朗讀，詩句在她眼中拋出怒火，天，一整本《聖經》，不敢這幾行艱澀啊！

訪都柏林「休雷恩市立美術館」（Dublin City Gallery The Hugh Lane），找到了葉慈的肖像，畫家是葉慈的父親約翰．巴特勒．葉慈（John Butler Yeats）。肖像年代約為一八八六年，畫中的詩人，當時二十一歲，已經開始寫詩，是藝術學院的學生。畫家父親抓到了詩人的文青神韻，敏感，沉思，眉宇鼻樑薄唇，純真憂鬱。葉慈啊，我是來罵你的，我想跟你說，你是我們十八歲的惡夢，週末夜不出遊，讀著你的詩，申論題胡謅。畫中葉慈臉上青春無痕，白膚透紅，稀疏鬍渣，垂眼思緒絲絲，我罵不出口。

我凝視青春的葉慈，戴上耳機，播放瓊妮．密契爾（Joni Mitchell）的歌曲〈淫淫靡靡走向伯利恆〉（*Slouching Toward Bethlehem*），不吐惡，悄聲跟著唱。瓊妮．密契爾把〈二度降臨〉的詩句改編成歌曲，吉他吟唱，音符讓詩句跳出書頁。十八歲，急著要「懂」葉慈，如今我四十一歲，讀詩不求「懂」，卻有了全新的體會。狂妄川普，民粹脫歐，詩中那兩句「一切崩毀，核心無法掌握」（Things fall apart, the centre cannot hold）不斷被引用。詩句見證人類秩序解體，善惡交替，短短幾行便永恆。

驅車至斯萊果（Sligo），寂靜公路旁的古教堂墓園，是葉慈的長眠地。旅遊淡季，公路孤寂，墓園空無一人，涼風鳥鳴迎客。我找到葉慈之墓，朗讀他的墓誌銘：「冷眼／看生，看死。／騎士，策馬向前！」（Cast a cold Eye. On Life, on Death. Horseman, pass by!）他在法國過世下葬，後人遵照他的遺願，將他遺體移回愛爾蘭，讓詩人在故鄉長眠。

我手機裡準備了另外一首歌，是九〇年代我最愛的愛爾蘭樂團《小紅莓》（The Cranberries）的〈葉慈之墓〉（*Yeats's Grave*）。青春年代，我在學院裡研讀愛爾蘭文學，不斷聆聽愛爾蘭搖滾民謠，幻想有一天能去愛爾蘭。此次行前我在櫥櫃裡挖掘舊CD，把這首歌輸入手機，我總愛幫旅遊場景配樂，在葉慈之墓聽〈葉慈之墓〉，是我愛爾蘭的規畫行程。

在葉慈之墓，不罵葉慈了。

因為哭了。

葉慈青春肖像，畫家為葉慈父親。

葉慈之墓。

Cast a cold Eye
On Life, on Death.
Horseman, pass by.
W. B. YEATS
June 13th 1865
January 28th 1939

孩子

柏林菩提樹下大道歌劇院（Staatsoper Unter den Linden）歷經七年整修，工程延宕，預算超支，近日終於接近完工，在歌劇院旁的貝貝爾廣場封街舉行露天揭幕儀式，湧入四萬五千愛樂迷，在廣場上聆聽歌劇院管弦樂團演奏貝多芬第九號交響曲。

柏林秋日脾氣險惡，當天卻暖陽微風，許多柏林人有備而來，野餐墊、摺疊椅、兩大瓶冰鎮香檳，敬酒迎接遲到的歌劇院。樂手在臺上就定位，原本鬧烘烘的廣場立即靜下來。貝多芬第九號交響曲適合紅毯節慶，樂團將激昂樂章灑向群眾，音符炸煙花。在開放的露天廣場聽古典音樂，城市聲響加料貝多芬，風聲、狗吠、警笛闖入奏鳴曲。第二樂章時，廣場上傳來洪亮的嬰孩啼哭。我開始環顧，發現廣場上其實有非常多的稚齡孩子，有的坐在爸媽肩上，有的躺在野餐墊上熟睡，有的隨貝多芬舞動，有的忙著哭。

我正前方的夫妻把兩個小孩都帶來了，父母準備周全，食物飲料毛毯玩具書籍，但孩子還是鬧，最後夫妻倆全程站立抱著孩子聽音樂，我在心裡拱手作揖，天下父母都是江湖臂力奇人。

我坦承，我很怕在劇場、音樂廳裡遇見小孩。表演場所的座椅在大部分小孩眼中簡直牢籠，小身體哭喊爭取身體自由，一定會干擾到表演者與其他觀眾。有些音樂廳經過聲學大師精心打造，音響效果極佳，某個孩子喊媽咪、踢前方椅背、喊餓想尿，小身體製造出的各種聲響傳遍整個音樂廳，比臺上的男高音還搶戲。但大人的羞愧或憤怒無法讓孩子瞬間世故，孩子，就是孩子。

我曾在網上讀過教養文章，作者稱讚歐洲孩子的乖巧，懼怕臺灣孩子的任性。時常有人詢問我，德國人外表這麼冷漠，是不是從小就冷冰冰？一個區域內孩子「乖」與否，很難以科學方法量化，我不相信這世界上有令人信服的乖孩子區域數據。若是幻想德國孩子乖巧聽話，我可以帶路到柏林幾個孩子聚集的公園，保證見證狂笑哭喊尖叫嘔吐推打，粉碎冰冷幻想。國情風土當然迥異，但請各位大人少點天真，孩子哭鬧的音量，不會因為膚色深淺而自動調降。

交響曲進行到最後章節，我趕緊趁群眾散場之前先離開廣場，以免阻塞。途中我巧遇安妮與尤根一家人，兩個孩子躺在野餐墊上讀童書，大喊貝多芬好無聊喔。安妮是歌劇迷，孩子很小就跟著她進歌劇院，因此熟悉劇場規則，不哭不鬧。密閉的表演場所其實是教養考驗，很多大人都會睡到打呼、大聲咳嗽、胡亂拍手、違規拍照，何況是孩子。我的確怕在劇場裡遇到孩子，但我逼自己去諒解，孩子正在學習，請大家別剝奪他們上文明藝術課程的權利。長大就是馴化，總有一天他們也會長成跟我們一樣的大人，世故順服，再也不能在機艙裡、音樂廳裡恣意狂奔。

臺上的合唱團開始大唱《歡樂頌》，貝多芬的譜真是激勵，此曲適合建國大典，有帶領人民航向旭日的氣勢。廣場上許多孩子忽然醒來，身體隨著《歡樂頌》律動。我和所有的大人們，當然只是微笑站立，優雅地當個廣場上的文明人，乖巧聽完樂章。我們身體禁錮，只能透過手心喉嚨放肆，用力擊掌，嘴喊 Bravo。喝采聲裡，我們短暫回到美好的自由童年。

曲終聲鬧，安妮與尤根的孩子以廣場上的拍手聲為掩護，對天喊叫，跳躍舒展身軀。我們大人總是出聲斥責孩子，逼他們順服，或許，我們嫉妒他們的自由。我們在社會化的過程中，成為方正的大人，遺失獨特人格，以規格化的禮節，掩埋我們的失落。

我當大人太久了，今天我決定加入孩子們，把鞋脫了，在野餐墊上躺下，大口吃軟糖，數天上的雲朵，放聲笑放肆哭，還有還有，大聲說貝多芬壞話。

柏林菩提樹下大道歌劇院歷經七年整修，工程延宕，預算超支，近日終於接近完工，在歌劇院旁的貝貝爾廣場封街舉行露天揭幕儀式，湧入四萬五千愛樂迷，在廣場上聆聽歌劇院管弦樂團演奏貝多芬第九號交響曲。

攝影：Achim Plum

再訪西西里島陶爾米納（Taormina），我似乎更接近了德國裸體攝影先驅威廉·馮·格魯登（Wilhem von Groeden,1956-1931）。一八七六年，患有肺結核的威廉·馮·格魯登抵達溫暖的西西里島療養，立即愛上島嶼的古希臘廢墟、鄉村景致，之後定居陶爾米納終老。他在陶爾米納拍攝了許多男性裸體照，在當時的歐洲藝文界造成轟動，王爾德特地前來拜訪。他的模特兒都是西西里島的年輕男孩，在他的鏡頭前褪去衣物，手持古希臘雙耳瓶、古甕，頭戴花圈，姿態眼神充滿同志情慾。

幾年前的復活節我從柏林飛到陶爾米納當口譯，飯店推開窗便是活火山埃特納，空氣裡有濃郁果香，彷彿空中浮著香橙檸檬。柏林寒冬苦長，久不見驕陽的我貪曬，脫衣在飯店陽臺日光浴。陽光張狂，我雙眼短暫失去焦距，無悲喜，眼睛竟然鬧水災，頭昏。喝了兩杯義式濃縮咖啡，更暈。我出門在山城蜿蜒小徑裡亂走，忽然遇見復活節耶穌受難遊行。隊伍哀淒，但抓住我視線的，是街上紀念品店販賣的裸體明信片，作品全都是出自同一位德國攝影師。我買了好幾張明信片，頭依然暈，這不是保守的天主教國家嗎？為何復活節週末，街上賣著男性裸體明信片？

今年再訪陶爾米納，我特意選了面對埃特納火山的民宿，想重溫當時的暈眩。我從埃特納火山南面搭乘纜車，轉搭四輪驅動車上火山。埃特納是活火山，火山口不斷冒出白煙，眼見盡是慢慢冷卻的焦黑火山岩。深呼吸，竟無煙硝味。驅車下山，鮮黃的染料木霸占整個山腰。染料木黃花放肆，香味幽靜，火山口是徹底的黑，山腰是濃烈的黃，我開始暈眩。

每天吃冰淇淋，最愛一球開心果，一球香橙，一球香瓜，一球提拉米蘇，冰品讓人暈陶陶，解憂之王。胖嘟嘟的蜜蜂嗡嗡搶食，蟬鳴歡騰，貓咪翻肚討摸，蜥蜴在午後滾燙的磁磚地板上百米短跑。

陶爾米納是山城，從山上古城搭乘一小段纜車便抵達海岸，岸邊有可愛小巧的貝拉島（Isola Bella），意即「美麗之島」。島與岸的連結是一片淺礫灘，涉水漫步便可抵達小島。這片水域布滿了光滑的鵝卵石，水質清澈，水紋盪漾，浪輕柔。我躺在水裡，旁邊一群年輕西西里男孩在水中玩著摔角，笑鬧親吻。「美麗之島」的命名人就是威廉·馮·格魯登，西西里讓我暈眩，我猜想，當年他也這麼暈，遠離世故寒冷的歐洲，在這個地中海化外之地，身體熾熱，肺結核好轉。他在西西里遇見了許多男孩，邀請他們入鏡、入幕，在攝影裡永生。

暈著，腦子明明貧瘠，我竟寫出了兩篇文章。

暈眩西西里不需求醫，冰淇淋為妙方，一球檸檬，一球西瓜，早晚服用，此病不宜根治。

西西里島上的紀念品店，販賣著德國裸體攝影先驅威廉·馮·格魯登的攝影作品。

排隊

上週我重訪阿姆斯特丹，只停留一天一夜，而且已經來過好幾次，決定隨意漫步，避開擁擠的景點。但正值復活節大假，市中心塞滿了各國觀光客，梵谷博物館、國家博物館前滿滿是排隊等著買票入場的遊客。最誇張的是安妮之家，隊伍綿延好幾個街角，一直到晚上九點多還有人在排隊。

我是一個很厭惡排隊的人，當天又風又雨，氣溫不到十度，我手拿一杯熱巧克力在街邊看安妮之家外耐心排隊的民眾，由衷佩服。我轉念一想，這群來自各國的觀光客，膚色、語言、文化都有巨大差異，卻能這麼有秩序地在這裡排隊，

只為了參觀被納粹迫害的安妮．法蘭克生前的居住地，我突然對人類文明更有信心。

安妮．法蘭克一家在閣樓藏匿，躲避納粹的追殺，提筆寫下了對自由的渴望，日記感動了全世界。一年四季，每天都有成千上萬的旅客加入這個長長的隊伍，進入安妮之家，悼念這個早逝的靈魂。隊伍裡有許多青少年，有些是隨著整個班級前來參觀，有些是隨家人而來。這的確是很重要的生命課程，認識納粹的殘暴，才不會拿納粹來開玩笑。書本上的歷史或許枯燥，那請排隊進入安妮之家，甚至集中營，讓歷史鐵證告訴你，近代曾有這麼殘酷的種族大屠殺。

為了知名的甜點、小吃，我們都願意排很久的隊伍，只為了口腹之慾。別忘了，身體除了蛋白質、維他命，還需要文化、知識、歷史。耐心一點，我們一起加入知識的隊伍吧。

油雞

一年一度的柏林時尚展「麵包與奶油」（Bread & Butter）開幕，翻開節目單，時尚大牌時裝秀，運動鞋現場客製，德國大明星聯名潮牌，嘻哈明星演唱會，全激不起興致，呵欠雷響。忽然翻到展場中的美食攤位介紹，嘉賓是新加坡來的陳翰銘，眼冒油雞，立即起身衝往展場。

陳翰銘在新加坡開設香港油雞小攤，一直是城市傳奇美食，獲頒米其林一星之後名聲火山，進而在臺灣開設海外分店。「麵包與奶油」主辦單位把他請到柏林擔任時尚展美食主角，親自為柏林老饕下廚。我領了記者入場證件之後直衝美食廣場，完全不顧途中經過的時尚攤位，一心只想大吃油雞。有幾位朋友訪新加坡，在悶熱的美食廣場排了三小時才吃到陳翰銘的油雞。我最厭惡排隊，絕不肯為了傳奇美食排上幾小時的隊伍，但陳翰銘帶著油雞來到柏林。

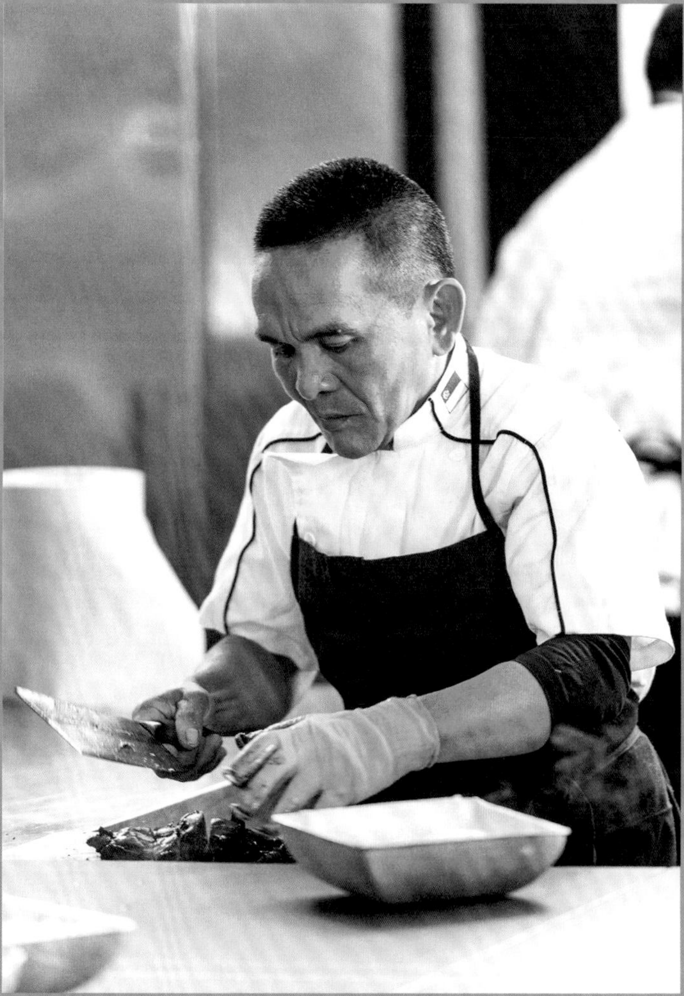

攝影：Achim Plum

我預估柏林人不識米其林油雞，隊伍不致於誇張。果然，我只排了十分鐘就吃到這傳奇油雞飯，我接連點了四份，盤盤見底。陳翰銘親自在廚房料理，一群德國記者圍著他拍照，閃光燈、提問都干擾不了他，專注剁雞。那專注就是美味起源，鷹眼銳利，烹油雞操剁刀斬雞腿，迅速擺盤。我吃到第四盤，隊伍拉長，大部分都是住在德國的新加坡人。隊伍中一位女士喊著：「我從慕尼黑來，開了六小時的車，就是為了吃油雞！」

四盤香港油雞飯入肚，身體圓滿，美食真是中年人的高潮。面前幾位身材高瘦的模特兒穿梭，我才想起這是時尚展，我匆匆出門，一身隨意，在這潮人聚集之地會不會失禮？四下環顧，除了幾位精心打扮的時尚人士之外，展場內大部分的民眾甚至比我樸素。柏林時裝週專攻精品，活動只開放給業內人士，一般人根本不得其門而入；「麵包與奶油」則是開放給大眾的平民時尚活動，任何人都可買票進入看時裝秀，所以秀場上氣氛輕鬆，時尚不時尚，全都一起排隊走入大帳棚裡，欣賞高級訂製服。

潮牌攤位上提供免費冰淇淋，巧遇策展人S，我們都是聽聞有免費冰淇淋，特地繞來此攤。S嘆，下週文學節登場，他負責策畫節目，文學活動票很難賣，怎麼可能如「麵包與奶油」，引來洶湧人潮？其中一場可容納兩百觀眾的文學朗讀，竟然只有賣出兩張票。

兩張。冰淇淋在喉間瞬間成鉛球，蜜桃變苦瓜。

書無用，文學是票房毒藥。襯衫四九九好便宜趕緊買，拉麵二八八排幾小時，文學小說二四九考慮半天還詢問店員有無七九折。最後，身穿新衫，肚裝拉麵，忘了那本小說。臉書上貼美食、新衣照總是熱烈，書影、詩句冷清，悽悽慘慘悽悽。

我是寫書人，也是吃冰人，書難賣不是天下負我，末世若只剩油雞飯與我寫的書，我一定選前者。快時尚、廉價時尚席捲全球，因為衣裳讓身體快速變形，一件新衣就是嶄新的外皮，時尚眾人讚。美食的體驗也是立即的，一口銷魂成仙。但閱讀是緩慢的，私密的，關門讀了五本書，皮相無改，容貌依舊，當然書不如衣。不吃會死，不穿被捕，不讀卻無傷，安然自處。

幸好人生不只是幾分鐘，總有累積，所謂漫長。與人言，若是對方從不讀書，斷句顯破綻，衣時尚貌精緻，空洞是難以填補的深淵。別聊了，我怕踏進那深淵。

再吃一份油雞。再讀一本書。

今年有兩位德國朋友過世，一位是神經外科醫生，腦瘤，享年四十五；一位是律師，血癌，享年四十六。兩位亡友父母都健在，喪禮上讀祭文，不准哭，醫生朋友的父親說了好幾次，不准哭，孩子一生歡笑，送別時刻，哭聲不該蓋過笑聲。

沒哭聲的喪禮反而更沉重，心室生出鐘乳石，憋悶刺痛。婚禮放煙火，賓客們不斷拍照上傳打卡，直播喜悅。喪禮奏安魂，大家手機收好，身體收斂，莊嚴哀悼。社群網路的魅力在於釋放情感，喜事如彩屑噴灑，恨不得舉世皆知。死亡重如鉛球，我把手機關了，不敢把沉重擲向網路。

東西德對峙年代，醫生朋友與父親逃離共產東德，潛逃至自由西德，柏林圍牆倒了之後，母子才重逢。醫生朋友的母親個性晴朗，鐵幕年代曾被祕密警察迫害，總是笑著敘爾特島，島上景觀冷調，草木棕黃，紫花點綴，石楠荒原的生態頗有禪意，遠看枯寂無彩，其實生機盎然。

說監獄殘酷往事，以最輕，抵抗最重。兒子早逝在她的晴朗天空潑墨，陪兒子化療手術，三個月瘦了二十公斤。喪禮送客，我注意到，前夫握緊她的手。醫生朋友生前跟我說過，柏林圍牆倒了多久，父母就吵了多久。

柏林同志平權街頭抗議，我最後一次見到醫生朋友。他當時已病重，依然吶喊，歌聲極糟，上臺歡唱。他前男友是保守政黨的議員，私下愛男人，上臺罵同志，虛偽是最有效的策略，選民無悔圈選。他過世後兩個月，德國國會終於通過婚姻平權。我和幾位朋友選了晴朗週日，在他墳前朗讀新聞，Ehe für Alle，婚姻平權，你歌聲實在太難聽，這世界聽到了。

律師朋友家世顯赫，父親是中東富豪，母親是德國望族，喪禮還在敍爾特島（Sylt），所有參加的親友都收到火車票，及島上住宿。敍爾特島位於德國北海，豪宅林立，是許多政商名流的度假勝地。進入敍爾特島必須搭乘火車，通過海上的興登堡堤道（Hindenburgdamm）才能入島。此堤道只容許火車通過，就算開車，也必須把車輛開上火車停放，人留在車上，隨列車穿越北海。律師朋友父母在島上有豪華度假別墅，全家在此度過許多美麗的夏日。死亡逼近，他寫了一封電子郵件給所有朋友：「請不要來醫院，我不喜歡這裡。我們敍爾特島見。」

律師朋友高大俊美，據幾位前女友說，是完美的男友，但自由不羈，拒婚。難民湧入德國，他和我一起去當志工，搬運物資，教小朋友德文。他在火車上遇見種族歧視者，對著他的中東面孔罵：「難民滾出去！」他沒動怒，只是背誦歌德，引述康德，法學博士德文優雅，對方呆滯，小學生遇校長，髒話吞肚。

喪禮隔天，我和朋友租了單車，環敍爾特島。途中遇大雨，冷雨刺膚。我們決定不躲雨，任大雨擊打身體。島上景觀冷調，草木棕黃，紫花點綴，石楠荒原的生態頗有禪意，遠看枯寂無彩，其實生機盎然。北方天空上演莎士比亞，冰冷海浪不斷對著岸上甩巴掌。我們全身濕透，抵達島嶼最北端，點了一大桌當地海鮮，身體裡上映《海底總動員》。開香檳，敬不在的律師朋友，還有他滿口的康德。

雨滌淨，眼澄明，削去心中鐘乳石。

生與死，似有新體會。壞天氣，就是好天氣。

呂根島

求學時修美術史，特別喜愛德國浪漫派，尤其是卡斯帕・大衛・佛雷德里希（Caspar David Friedrich）的畫作。在畫頁上凝視《呂根島上的白堊岩》（*Kreidefelsen auf Rügen*, 1818年），畫中下方兩男一女背對觀者，在白堊岩斷崖上遠眺波羅的海。呂根島？當年沒網路，我在圖書館裡翻找到片段資料，此島位於波羅的海，是德國境內最大的島嶼。不久後在克里斯多福・伊薛伍德（Christopher Isherwood）的《柏林故事集》（*The Berlin Stories*）又讀到呂根島，書中英國人從柏林來到這個北方島嶼度假，文字有海風鹹味。

在柏林定居之後，查詢車程，呂根島果真不遠，兩個半小時的車程。島上休閒資源豐富，沙灘潔淨，海水冰涼，樹好水好，四季皆有獨特面貌，我愛上呂根島，幾乎每年來。模仿《呂根島上的白堊岩》，登白堊岩斷崖，數海上的船隻，山毛櫸森林裡健行。就呂根島上的「樹冠步道」。

攝影：Achim Plum

算是暑假旺季，島上樹林依然幽靜，水鳥安居，樹與風都唱著溫柔的歌。晴日從薩斯尼茨（Sassnitz）搭船出海，在船上欣賞壯觀的白堊岩海岸。雨天在賓茨（Binz）沙灘漫步、淋雨，波羅的海顏色暗灰，不熱烈不湛藍，久觀心定。島上盛產被奉為超級食物的沙棘，橘色果實鮮豔，口感酸甜。我不懂沙棘的營養價值，我只知道沙棘手工冰淇淋有驅煩趕憂神效，勸君多採食。在德國旅遊很難躲開希特勒幽魂，納粹曾在島上普洛拉（Prora）興建大型度假村，屠殺帝國已滅，留下龐大建築群，讓後人見證納粹崇尚的陽剛美學。

臺灣許多山林為了吸引觀光，興建天空步道，引來環保團體批評。德國境內其實有許多類似的森林設施，體積更龐大，造型更獨特，呂根島上就有一個開幕不久的「樹冠步道」（Baumwipfelpfad），主要建材為木材、鋼骨，森林裡有蜿蜒的天空步道，讓訪客在樹冠之間漫遊。此「樹冠步道」有一個極受歡迎的主塔，造型如高聳的人造鳥巢，名為「鷹巢」，塔高四十公尺，登塔的環狀木質斜坡的斜度都不超過六％，訪客輕鬆漫步便可抵達「鷹巢」頂端平臺，登高望遠，整個呂根島在視線裡展開。

親身在「鷹巢」裡漫步，我的經驗正面。此步道的骨架顏色以木質為主，沒有強烈的配色，其實並沒有破壞原始森林的天際線。批評者言，為何人類需要興建人工步道，才願意走進森林裡體驗大自然？德國的森林面積廣闊，林相絕美，一般人的確隨時可走進森林裡。但我在這個步道看到了許多坐輪椅的訪客，因為斜坡的斜度不超過六％，他們能輕鬆操控輪椅，自己登頂，與大家一起俯瞰呂根島。沒有此步道，他們幾乎沒有機會在森林裡滑行。步道緩緩上升，拐杖老者、孩童、推嬰兒車的父母、身障者都能在其上前進，各種不同的身體都能享受森林，直達「鷹巢」頂。

盛夏的「鷹巢」，草木蔥綠，微風輕暖，頂部視線絕佳，納粹度假村在不遠處，北方湖面上有一大群野天鵝。這景色呂根島獨有，納粹與野天鵝並置。決定了，冬天再來走一次這個「樹冠步道」，到時萬物枯寂，步道積雪，波羅的海伸出冷風利爪。到時，那些天鵝還在嗎？

活著真不錯，人在夏天，貪想冬天，備好一張老臉，給風刮。

攝影：Achim Plum

呂根島上的「樹冠步道」。

重逢啤酒節

八月柏林，劇場關門，音樂廳放暑假，我最愛的日本餐廳、葡萄牙麵包店都在門上貼了「我們放假囉！」告示，夏季電視節目腐餿，所有朋友似乎都出城度假，豔陽下百無聊賴，手上的長篇小說讀不到盡頭，悶在家心慌。幸好，「柏林國際啤酒節」準時登場，用通訊軟體約一約，竟成八人啤酒陣仗，週五夜，買醉抗無聊。

「柏林國際啤酒節」在卡爾．馬克思大道（Karl Marx Allee）封街舉辦，長達二．二公里的「啤酒大道」（Biermeile）上，塞滿世界各國的啤酒商攤位。入夜的啤酒節其實很像臺灣夜市，人潮澎湃，樂團嘶吼，吃肉喝酒，庶民極樂。酒客只要購買官方啤酒杯，便可以優惠價逐攤品嚐各國風味啤酒。「逐攤」真不是誇飾，三天的啤酒節，許多人真的一攤喝過一攤，生命願望難達標，百攤千攤啤酒只是矮門檻，爛人生總有點小成就。

我們八人個性迥異，有人逐攤，有人滴酒不沾，我則是專攻怪異口味。我每年都光顧一家德國櫻桃啤酒，喝完帶一手。接著喝胡椒啤酒、芥末啤酒、開心果啤酒，詭異紛紛下肚，無聊八月突然落英繽紛。今年還有高掛彩虹旗的美國「同志啤酒」，啤酒並不優秀，但攤位上幾位誇張的同志非常搶戲，賣酒抵偏見，酒國在人間，有同就有異，敬包容，吐偏見。

八人失散，我和臺灣朋友L決定試試捷克波西米亞啤酒。L領到酒，一轉身，就撞上了舊情人。酒沒灑，L的驚慌卻灑了一地。心中排練過無數次，沒料到現實中的重逢，竟是髮亂衣破，一副八百度醜眼鏡，嘴角有酒沫。舊愛一身光亮，且，身旁有新男孩，也是臺灣人。擁抱、寒暄、問好，L丟來求救眼神，我抓住他的肩膀，胡亂開啟話題。新男孩俐落大方，說是我的讀者，想跟我自拍合照。小作家難得遇讀者，立即背叛好友，開心與新男孩自拍，L在一旁臉僵。新男孩接著說要和L合照，L拒絕了。沸騰啤酒節瞬間冰凍，我找了爛藉口道別，牽著L潛入人潮。

我用通訊軟體發出求救訊息，所有人一聽到重逢戲碼，竟瞬間歸隊，猛問細節。我用手機播放重逢歌曲給L聽，想惹他哭。陳奕迅的〈好久不見〉，林憶蓮的〈聽說愛情回來過〉，林慧萍的〈說時依舊〉，王菲的〈約定〉，蘇打綠的〈再遇見〉。老情歌最割人，德國朋友聽不懂，L都會唱。大聲唱到吳青峰寫的「一念之間，想對你傷害我的一切，說聲謝謝」，L終於逼出淚，喝掉兩大杯波西米亞啤酒，對著柏林八月夜空哭喊：「謝謝！」

酒添淚，記憶明明清晰，謊稱模糊。L好氣自己，怎麼比不上新男孩，怎麼四句白髮，怎麼三毛寫的〈說時依舊〉整首歌都會背。新男孩青春閃鑽，身體緊實，一定沒聽過林慧萍，也沒讀過三毛吧？

夜空下，L面前堆滿了朋友買來的酒。酒裡認輸，敬重逢，敬鬆垮的四十歲，敬老去，敬失去。

家醜

訪英國巴斯（Bath），入住英式莊園飯店，搭船遊艾文河（Avon），船在墨綠河面上惹漣漪，水紋都是詩句。古城景觀一致，毫無突兀建築，古羅馬浴池壯觀，喬治亞式建築「皇家新月」（Royal Crescent）保存完整，在陽光下金黃閃爍，宛如新建。我在「皇家新月」前的草坪野餐，咬一口剛買的英式三明治，口腔瞬間成沙漠，如此粗糙的食物竟然要價六磅，毀遊興。幸好背包裡有《諾桑覺寺》（*Northanger Abbey*），珍．奧斯丁（Jane Austen）

英國巴斯。

在這本小說裡把巴斯寫得非常迷人，我佯裝英國腔，低聲朗誦小說，召喚英國淑女士紳魂魄，起身去英式茶館喝午茶，謝謝小說家，我徹底忘了三明治。

隔天回到柏林，面對熟悉的共產社會住宅，到處蔓延的塗鴉，紊亂的城市天際線，昨日是整潔的古城巴斯，今日是充滿歷史傷痕的首都柏林，不禁大喊，柏林真醜啊。

我每次回故鄉彰化，也有如此感受，說彰化醜。但這種「醜」感並非貶低，不是自認高級，去過奧斯陸、巴黎、布達佩斯之後，硬要把歐洲古城與家鄉相比的鄙視。

年輕時出國，心智不熟，自以為見世面，以西方大城為標，詆毀自己故鄉。鐵皮屋真糟，那幾棟燒毀的屋怎麼沒人整理，七彩招牌過分俗豔，交通是十年沒洗的髮，空氣有焦味。到臺北念大學，與各縣市同學談到自己故鄉，我直接說，彰化就是醜，不用去。

後來，我在巴塞隆納繁忙大街目睹粗暴搶劫，在巴黎走進尿騷味濃重的小街，在阿姆斯特丹遇見街友打群架。短暫旅行往往只會輕輕觸及城市的光鮮表面，絕少人特地繞路去看壞的、醜的、毀的。美麗世故的大城，一定有陰暗潮濕的角落。拿巴黎比彰化，是截斷文化歷史脈絡，豈止淺薄。

彰化是老家，我的源頭。家是出身，可以醜醜的，亂亂的。老沙發最好睡，老朋友不怕冷場沒話題，老攤子有大黑鼠亂竄依然美味，老內衣穿了最快入眠。我很喜歡去IKEA逛，裡面塞滿了各種樣品屋，每個客廳都配色完美，每個衣櫃都分類整齊。IKEA販賣著家庭的美好想像，理想的家就該如這些精心配置的樣品屋，整潔有序，裡面滿是人情溫暖。IKEA的型錄、樣品屋都是溫暖色調，每一個擺設都讓我們覺得我們「缺乏」，我家就是缺了那張桌子才不夠美，客廳就是少了那張沙發所以不夠溫暖，我們以購買來補足缺憾，渴望整潔有序的家。

但實際上誰家可以完美複製無印良品或者IKEA型錄？大部分人的家裡便宜塑膠製品堆疊，醜沙發捨不得丟，爛門捨不得拆，冰箱裡有過年留下的年糕，櫥櫃頂有五年積塵，壁癌治不好，睡了就忘了枕頭有黑黴。

真的很難用「美」來形容柏林，我還是常說故鄉彰化真醜。但柏林好有生命力，多元包容自由，我今天才在地鐵上遇見一位全裸搭乘的男士，沒人多看他一眼，沒人報警。彰化車路口肉羹我能連吃五碗，北門口肉圓依然銷魂，遠遠看到八卦山上的大佛，在心裡默默頷首。

彰化無需變成慕尼黑，柏林不是巴斯，家醜沒關係，只怕家變，拆老屋，毀記憶。說醜，真不是罵，而是回家了。

穿裙

在愛丁堡藝術節看了一齣長達六小時的戲，編導演都用力過猛，看完老了六歲。我的座位前方有一對男同志伴侶，兩人都穿蘇格蘭裙，黑色短西裝外套上有閃亮鉚釘，充滿高地男子挺拔英氣，戲讓我呵欠，我改看這對卿卿我我的愛侶。

戲散，我走進對街的紀念品店，想穿裙。我隨便抓了幾件蘇格蘭裙試穿，尺寸不合，腰間扣環卡住，照鏡見妖，生平第一次穿裙，一點都不英俊挺拔，狼狽枯窘。我曾在京都花見小路上巧遇疾走的藝妓，和服妝容精緻，小巷裡照面三秒，忘不了那美麗手姿。但我隨即遇見一群吵鬧的外國觀光客，集體穿著不合身的粗糙和服，髮型姿容散漫，忙著在街頭擺姿勢拍紀念照。傳統服飾的確是文化跨越體驗，穿皮褲到慕尼黑參加十月啤酒節，穿龍袍在紫禁城扮皇帝，穿英國攝政時期古裝參加巴斯珍·奧斯丁藝術節（Jane Austen Festival），穿二十世紀穿蘇格蘭裙。

初西服在都柏林參加六月十六日喬伊斯布魯姆日（Bloomsday）。跨文化裝扮有風險，若不考究，服飾風格粗拙，儀態外貌劣質，還沒跨越就先墜毀，我穿蘇格蘭裙便是慘例。

隔日飯店早餐，高大的服務生也穿蘇格蘭裙，裙擺魁梧，我趕緊問他，裙哪裡買？我到他介紹的蘇格蘭裙店，店裡專賣蘇格蘭格子呢毛料，可訂製也可租賃，價格合理。服務我的裁縫師是一位巴基斯坦、蘇格蘭混血青年紳士，他細心解釋各種格子花呢（tartan）、蘇格蘭裙（Kilt）樣式、毛皮袋（Sporran）、襯衫、背心、外套、長襪、配鞋，量我腰圍，教我怎麼使用蘇格蘭裙前後三個皮質扣環，自己便可調整腰線。傳統蘇格蘭裙無口袋，腰間鐵鍊懸掛毛皮袋，置於裙前方的正中央。我如願穿上合身的蘇格蘭裙，搭配所有配件，鏡中妖成人，稍有英氣。我大膽問裁縫師，裙下是否真的不穿內褲？他點頭：「我現在就沒穿。」

我買下一整套服飾，出城到近郊，想在蘇格蘭高地上穿裙拍照。一離開大都市，高原風景迷人，視線裡盡是無邊際的暗紫色石楠荒原（Heathland）。石楠荒原上風颯颯雨淅淅，毫無遊客，我就地換上了蘇格蘭裙，開始拍照。「花海」是許多人拍照的理想背景，求其殷盛密集，人生太清淡，身軀太單薄，盛大花海給點壯麗。石楠荒原的花海其實並不熱烈，花色暗紫，花叢低矮，無熱帶花海的豔麗，卻有讓人冷靜的遼闊，整個高原像是一片深沉的紫色海域。小時候讀《簡愛》，讀到悲傷的簡愛必須在石楠荒原上過夜，跪下祈求上蒼。冷風蛇進我的裙，引爆噴嚏，八月的高原竟然只有攝氏十度，我終於懂了簡愛的絕望。

穿裙上癮，我一路在愛丁堡、格拉斯哥、天空島都穿裙上路，依俗不穿內褲，竟有掙脫的自由感。我這穿裙亞洲人常遇見穿裙當地人，互給大拇指，與一位穿裙爺爺詳細討論格子花呢的各種名稱。我終於懂了裙的魅力，大腿無束縛，風自由進出裙擺，人自瀟灑。一位朋友看到我穿裙的照片，稱讚我「真有勇氣」。其實這真不是勇氣，這是放鬆，男生女生，高矮胖瘦，青春衰老，都可穿裙。放下「男穿褲女穿裙」的守舊，掙脫身體的桎梏，原諒身體的缺陷，穿裙，出門去。

在蘇格蘭的最後一夜，我穿裙去吃蘇格蘭名菜肉餡羊肚（Haggis），羊肚裡塞滿各種內臟，滿口腥，內臟味掐喉，兩大杯啤酒都洗不掉那口滋味。跨文化果然還是有界線，裙擺界線我跨過去了，內臟界線，還是給當地人獨享好了。

世故倫敦

不定期，我的「英文系病」會發作，唯一解藥就是去倫敦。「崇洋」易引鄙夷，但我書架上英國文學與臺灣文學並列，孺慕彼岸文化，不代表貶低自身。高中三年我是個蕭索少年，考試名次殿後，膚下有蚤隱隱跳動，草率暗戀，渴求遠方。「志願」是高中生大議題，我一直都知道自己想讀英文系，語言是長項，文學能點燃枯竭。最後聯考數學十三分（竟是個人高標），幸好有國文英文拉高慘澹總分，我順利進入輔大英文系。開學第一週，西洋文學概論，老師開的書單上有英詩、劇本、小說，我跌入那些英國文學正典，傻笑顫抖查生字，我高中三年只學會被分數恐嚇，終於，文學讓我嚐得知識的甜。

大一暑假參加英國遊學團，到諾丁漢（Nottingham）學英文，遊湖區（Lake District）、峰區（Peak District），闖倫敦。我熱烈接收英國文化符碼，買彼得兔故事集，讀E．M．福斯特（E.M. Forster）的小說，反覆看電影《長日將盡》，學艾瑪·湯普遜（Emma Thompson）的口腔。當年最潮的鞋是馬汀大夫鞋，我在倫敦科芬園的分店買了兩雙回臺灣，開學後兩雙皆在宿舍遭竊。我夢想在倫敦生活，穿哈李斯毛料（Harris Tweed）紳士西裝，每晚看音樂劇，蘇活區趕藝術電影，終於學得一口蜿蜒迴繞的英國腔。

終是夢，我數學再爛也懂加法，倫敦生活指數高昂，掐指一算立即甦醒。「英文系病」倒是沒根治，清冷日常裡，病症偶而發作，看了BBC古裝劇，全身發抖，睡不好吃不下，唯一解藥就是到倫敦喝下午茶配司康餅（Scone）。

柏林到倫敦有頻繁的廉價航空班次，避開大假日，很容易可找到價錢友善的機票。一進倫敦馬上衝往利柏提（Liberty）百貨公司，這間老店以花布聞名，架上的花襯衫一看到我就鮮豔綻放，熱烈歡迎我回倫敦。採完布料上的鮮花，小跑步至百貨公司附設的茶館，這裡現烤的司康餅簡直抗憂鬱，塗上厚厚的濕滑奶油與果醬，一入口世界和平。

這次去倫敦治病，卻發現自己世故了。倫敦是個消費慾望之都，年輕時去名牌百貨公司朝聖，試穿一件大衣，攬鏡滿意微笑，低頭看標價，四千英鎊，心忽然有了焦味。當時對自己的身體毫無自信，以為時尚就能補足我的缺乏，但為何我這麼窮，整間店我只買得起手帕？現在我終於擺脫焦灼，身體的缺角，不用四千英鎊大衣來遮，用司康餅填補就好。

年輕時熱愛倫敦劇場，迷戀經典莎士比亞與熱鬧音樂劇。步入四十，忽然受不了倫敦劇場的商業取向，劇場實在不該只有娛樂，劇場是反叛，迫人思考，怎麼滿街的劇院都只努力取悅觀眾？在倫敦最後一晚去看了音樂劇《女巫前傳》（*Wicked*），好純真的通俗娛樂，女演員奮力尖拔高音，我卻只想離開去英式酒館喝小酒。

世故了，討人厭了，依然是「英文系病」病患，卻不再天真。站在科芬園，記憶中許多店家消失了，那家馬汀大夫鞋店早就不見了。青春離席，世故難免，純真句點。

和朋友約在大飯店大廳，迎面一位疾走紳士，身旁助理保鏢神情嚴肅。我多看幾眼，確認對方是前英國首相大衛·卡麥隆（David Cameron），但飯店大廳所有人都很冷靜，淑女優雅翻報，紳士眼神沉著。我的表情洩漏了驚訝，身旁的陌生女士主動跟我確認，對，那是大衛·卡麥隆。所以，全大廳都看到了前英國首相，卻集體冷靜，沒人求合照，沒人眼神飄散，沒有一滴茶灑出杯緣。

前首相害我洩漏躁進，竟有想拉他自拍衝動。看來不只純真句點，在真正的倫敦世故面前，我的世故也匆匆謝幕。

空白

近日稿量大，兩週內交出德語劇場、現代舞蹈、小說書評、德國大選、旅遊軼事、童書繪本，伏案耕字就像是拿魔杖抵住太陽穴，在截稿前萃取出幾頁言之有物，在空白頁面上開展邏輯脈絡，看似魔法，實則紀律。頁面裝滿字，一一在截稿前寄出，我忽然感覺身體輕盈了許多，腦成洞穴，敲頭有回音，身軀成了一頁空白。

空了，急了，專欄編輯的大名是手臂上的隱形刺青，一低眉就驚醒。空腦寫不出佳句，依充電理論推斷，填滿為妙方，先停筆不寫，刻意在平淡生活裡，裝填馬不停蹄。

充電行程第一站，博物館，我一介文青，空洞時首選藝術，凝視美，催生美。剛好遇到德國連假週末，觀光客塞滿柏林，博物館島上竟然大排長龍。好不容易進入博物館，館內彷彿鯉魚池，名畫就是飼料，鯉魚張嘴推擠爭食。我這笨鯉魚搶不到名畫一角，什麼都沒看到，退守到人潮較少的展覽室，牆上掛滿大小畫作，視線裡忽然塞進太多美，室內空氣污濁，孩童啼哭，我呼吸急促，匆匆離館。

我旅行時懼怕博物館，排隊磨耐心，人潮製造壓力。博物館裡塞滿藝術品，匆匆瀏覽不符合文青身分，讀手冊聽導覽慢慢看畫作又太耗損精神。度假分秒寶貴，我喜歡閒晃，丟棄平日速率，博物館常打亂放空大計。十九歲那年訪佛羅倫斯，如今年歲稀釋記憶，幾乎什麼都不記得，卻清晰記得烏菲茲美術館外的誇張隊伍。去年重訪，隊伍比記憶更誇張，決定先預約購票，省去排隊時間，但館內實在是太多藝術品，短短幾小時內觀看太多寶藏，笨腦超載，寶藏在腦中淤塞。我喜歡在自己居住的都市逛博物館，避開假日人潮，多次造訪，沒有急迫短時間瀏覽的壓力。

博物館行程失敗，藝術太滿，人潮讓我窒息，腦的小洞穴眼看要崩塌成狹谷，我加入朋友的下午茶，摯友滔滔，幾日不見便有許多新鮮故事，一定可成題材入文。當天話題是交友，手機交友軟體是新世紀約會修羅場，各種性向都可找到對應軟體，大家互相公開最近交友聊天畫面，除了交換臉照，身體器官特寫是趨勢，許多男性主動寄上雄偉照，期待換得女性上圍照，結果成為下午茶話題，截圖熱烈分享，果真「道人長短」。

看盡長短，其中甚至有德國影藝名人的求歡私密照，腦子裡太多爆料，峽谷被炸成平原，空白無邊際。

躲回家，在床上躺著，逼自己閱讀，空洞在視線設障，完全無法吸收書頁上的字詞。在網路上看到吳繼文的二十年舊作《天河撩亂》重新出版，翻書櫃找出這本書初版，九〇年代深刻的閱讀記憶。想讀吳繼文，忽然文盲，一個字都無法下嚥。明明躺在截稿針床上，之前腦中塞滿各個鍵盤，如今只剩空白鍵。算了，我決定原諒自己的空，放棄充電，貪睡。

竟連續睡了十小時，醒來，《天河撩亂》裡的主角時澄就躺在身邊。二十年前，時澄也曾這樣陪我。跨過世紀，他回來了。

我推掉當天所有的約，重讀《天河撩亂》。用力敲敲腦，耳朵掉出幾個字，字砸在筆記本上，引書寫慾望。

驅趕空白，博物館無效，下午茶無效，強迫閱讀無效。貪睡有效，坦承自己空白有效，原諒自己有效，吳繼文有效。當年讀完《天河撩亂》，性別故事在身體裡悶煮，好想好想寫小說。

時澄，因為你，我還在寫，沒有停過。

法國幻想

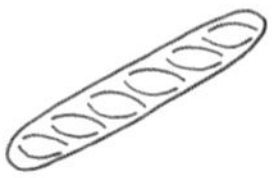

到德國西南方巴登·符騰堡邦（Baden Württemberg）出差，來到萊茵河畔小鎮凱爾（Kehl），午餐與同事隨意找了一家餐館，散漫菜色填肚，靈魂卻空蕩，身體不滿足。到河邊散步，對岸就是法國史特拉斯堡。我說，我們渡河，去法國填飽空虛吧。

只隔一條河，一過橋入法國邊境，風情丕變，一切忽然精緻小巧，德國那岸風猛雨急，老闆要求嚴厲，豢養凶悍大狼狗；法國這岸柔雨綿綿，細語輕盈，小狗吠叫含羞，咖啡館服務生說兩句我完全聽不懂的法文，我就化成一灘水。

史特拉斯堡完全符合我對法國的幻想，新城區有許多線條舒坦的新建築，古城區老屋典雅，沿伊爾河（Ill）漫步，河道兩旁的建築簡直童話，「小法蘭西」（Petite France）小橋流水，人影舒緩，商家繽紛，水紋嫩綠。我對史特拉斯堡一見鍾情，突發幻想症，隨便手指河邊屋群，發豪語要住進老屋閣樓，每天看河寫小說，三流文字快速進階，終成小說大家。

隨意在古城區找餐館，入座對著法文菜單瞎指，燉牛肉銷魂，大廚拿刀在饕客面前把新鮮生牛肉剁成碎片，一盤韃靼牛肉（Steak Tartare）入口催淚。德法邊界兩國飲食交織，發展出獨特的迷人美食，我就是胃口偏見，怎麼那岸德國美食粗獷，鹹甜呆板，這岸法國菜色細緻，多層伶俐。萊茵河是美食分界，一般德國人的確不會在美食上花太多時間與金錢，但一般法國人就講究許多，光是看兩國的超市就可看出端倪，德式超市標榜超值划算，樣式實務，但法國超市熱情奔放，食材琳琅。

吃完大肉，胃腸在身體裡呼喊甜點。史特拉斯堡老城區甜點店密集，窄巷裡竟然十幾家甜點名店，連空氣甜分都超標，我猜腳下石板路嚐起來一定也甜絲絲。忍不住入店尋甜，人說吃糖毀身，易胖招百病，但各位請張大眼睛看看，滿街法國人清瘦健美，簡直都是糖品代言人。先不管體重，隨便挑一家，法文標示通通看不懂，文盲亂指，指來一大盒七彩甜品。檸檬塔入口，身體裡忽然長出一棵香濃酸甜地中海檸檬樹。接著是濕滑的閃電泡芙，口腔閃電霹靂，牙齒舌頭被雷擊，甜分攻占全身，肢體麻木，我實在說不出什麼美食行家形容詞，就一臉傻，吃完進下一家店繼續當文盲，再指一盒。

在德國那岸吃的甜點乾燥掐喉，每一口都是沙漠。中學時背英文單字，總是把「沙漠」（desert）與「甜點」（dessert）搞混，差一小小s字母，竟是乾苦或甜笑之差。愛吃沙漠的人就留在德國那岸吧，甜點在彼岸法國，沒差多少，乾燥或滑潤，就差一個小s。

在史特拉斯堡過一夜，隔天狂風暴雨，秋天連夜告辭，細雪飄下，整個城市冬季面容愁慘，店家提早掛上的聖誕燈飾在風雨中飄搖。早餐和服務生聊天，聽到我住德國，竟稱羨慕。他說，德國物價就是比較低，工作好找，政府靈光，哪像我們法國，吵吵鬧鬧，種族對峙，恐攻成日常。

史特拉斯堡完全符合我對法國的幻想。

我知道我的法國幻想充滿表層的偏見，我對這個國家一無所知，只愛吃閃電泡芙，法國總統選制卻搞不清楚。但我渡河就是來滿足我的淺薄幻想，面前這位服務生卻坐下來，開始跟我抱怨法國總統以及他遭受的種族歧視。聽著聽著，口中可頌與甜果醬，逐漸乾成沙漠。

啟程回德，站在連接凱爾與史特拉斯堡的橋中央，我貪看法國，低溫逼人上路，我趕緊邁步走向德國。這岸那岸，都有苦有甜，都是人間。

混凝土聖誕

收到柏林某智庫論壇邀請函，主題是德國極右政權興起，講者之一是任職於國會的好友。氣象預告初雪，窗外街景蕭瑟，樹禿人凍，我用盡全身力氣拒絕溫熱被褥的挽留，以發熱衣、毛衣、外套、大衣層層包裹身軀，出門聽政治講座。我一向不認為德國人嚴肅，但政治論壇完全符合世人對德國人的刻板印象，不苟言笑，議論冷靜，好友在臺上僵直冰凍，與提問民眾辯論極右派對民主社會的侵害。論壇講者剖析之前積極參與新納粹遊行活動的極右政客如何以社群網路、排外遊行激化種族對立，進而高票當選，入國會管大事。我這個住在柏林的外國人聽著聽著，身體冷顫，在室內披上大衣，發熱衣與暖氣都擋不住心寒。

離開智庫，我忽然好感謝聖誕節。

冬日蕭索，年終倒數，人們情緒隨氣溫低落，以為雪在心裡催化詩意，提筆想寫詩，才發現身體裡只剩失意。幸好有宗教慶典，百貨櫥窗大紅大紫，閃亮燈飾占據街頭，商家以聖誕組曲轟炸顧客，視覺與聽覺的誇飾鋪張，或許能驅趕心中些許寂寥。

柏林此時到處都有聖誕市集，廣場空地排列小木屋，入夜後點亮所有燈飾，先忘了省電節能，慶典怎麼可能環保，人們在市集裡大口吃肉喝酒，塑膠刀叉堆積，製造可觀垃圾。但今朝有酒，我在聖誕市集裡連喝兩杯熱紅酒（Glühwein），立即忘了智庫，忘了新納粹，酒精在體內升火，鬆開大衣釦子，再添一杯。

逛到市集的邊緣，混凝土瞬間把我拉回現實，今朝酒全消。

今年德國幾乎所有的聖誕市集，都被混凝土路障（Betonpoller）包圍，鎮暴警察進駐，歡樂的慶典有恐攻陰影。二〇一六年十二月十九日，恐怖分子駕駛大卡車，衝入柏林布賴特沙伊德廣場（Breitscheidplatz）上的聖誕市集，造成十二人死亡，五十六人受傷。近幾年恐攻手法多變，以卡車衝撞無辜人民成慣用手法，設下混凝土製成的厚重路障，理應能擋住卡車衝撞。

但德國中德廣播公司（MDR）製作電視新聞特輯，找來知名監測公司德凱達（Dekra），在空地上以卡車實測，到底擺放在各大聖誕市集的混凝土路障，能不能擋住大噸位的卡車。結果多次對撞實測令人失望，卡車順利衝過混凝土路障，依然具有強大傷殺力。混凝土路障看似牢固，一遇上重型卡車卻像樂高積木，散落推移。

柏林布賴特沙伊德廣場的卡車恐攻有強大的政治效應，極右派趁機成功造勢，加深人們對難民危機的疑慮。其實卡車上的恐怖分子跟難民危機根本沒有直接關連，但恐懼無理性，極右派以激烈的分化語言，成功攪動不安，勝選成大黨。今年柏林的聖誕節裝飾多了混凝土路障，就怕極端分子又來擾亂慶典，人們在聖誕樹上掛上燈飾，也掛上不安。

結實的混凝土路障無效，或許，最堅固的是人心。柏林曾被戰火摧毀，歷經狂熱的國族主義，冷戰分裂，如今是個自信的國際大都。恐怖分子小看了柏林人，布賴特沙伊德廣場的聖誕市集，今年準時揭幕，人潮不減，喝酒的人臉在熠熠聖誕燈飾下，發出閃亮的紅光。

恐懼召喚屈服，怕什麼，怕，那就待在床上。若以為足不出戶就能闔家平安，豈止天真。

如常生活，享受慶典，這是柏林人最積極的日常抵抗。

柏林聖誕市集的混凝土路障。

臭日子

參加朋友的聖誕派對，賓客得準備「毫無用處，極無道理，越蠢越好」的荒謬禮物，隨機交換。我去禮品店買了聖誕小飾品，這些迷你飾品並非聖誕樹裝飾，而是懸掛在大鬍子上，讓鬍鬚男的臉變成聖誕樹，極度無用，毫無意義。結果抽到我禮物的是一位女士，臉上缺鬍，或許紅酒催化，她竟高舉雙臂，要大家幫忙把飾品掛上她許久沒刮的腋毛，她喊著：「女生不刮毛！毛髮萬歲！」

我抽中的禮物也讓我傻眼，是一款號稱可過濾屁味的內褲，任何臭屁都會被內褲的材質中和，從此在電梯、車廂、飛機上都可大方解放。大家起鬨要我立刻穿上，餵我吃藍起司，當晚一放屁就得通知大家，讓大家測試聞香。

這是我參加過最放鬆的聖誕節派對，大家都年過四十，身體履歷一團爛帳，她剛離婚，他剛出櫃，她正在化療，他在敍利亞的家鄉已成廢墟，她剛被解雇，他公司剛宣布破產，她胖了二十公斤，「他」正努力變成「她」。歲月掐人，大家身體都有勒痕，幾遭悲歡，幾度破碎，身體裡最完滿的竟是缺憾。一年將盡，在熟朋友面前就別逞強了，有淚就流，有屁就放。聖誕節似乎該明亮光鮮，但今晚我們盡力廢，腐朽無法化神奇，坦承荒蕪。

誰不想把日子過得像那些超市型錄、時尚雜誌？聖誕節特刊，紅綠鮮豔，美鑽金飾，美食磁盤擺飾馨香誘人，模特兒皮膚光滑緊繃，通暢毫無便祕感，眼神不壅塞，兩頰沒痘疤，輕輕撥開那精緻臉蛋上微小皺紋，竟聞到現磨藍山咖啡豆，滿室馥郁仙花。

但3D列印技術再進步，我們依然無法完整複製雜誌的體面質地，那是仙界，我們在人間。

人間是汗漬臭屁醜哭屎尿跌跤退稿嘔物蔥蒜宿醉軟弱痔瘡，想硬時疲軟，失眠時發現自己還深愛著前男友，高音處在眾人前破鑼，髮禿肚凸，一覺醒來發現狂人當上了各國總統。現實比德州電鋸殺人狂更駭人，每天都是七月半。

在人間打滾久了，唯一的成就是不怕鬼。背上那把刀、頂上的黑鍋都不是鬼的得意作品，人最會傷人，鬼不會拿槍掃射，鬼不會製造核彈。

聖誕當然讓許多人沮喪，得回老家見見嘮叨家人，明明業績慘澹還得佯裝春風得意，和平相處幾小時之後，忽然為了小事大吵。終究一家人，相約明年此時再掀舊帳，於是有活下去的動力。

廢禮物不斷被拆開，印有男人多毛肥肚的腰包，廉價俗豔聖誕毛衣，陽具形狀的燈具，迷你夾娃娃機，書籍《如何在森林裡大便》（榮登當晚最有用處的禮物）。承認吧，我們人類就是廢物，才會製造出這麼多廢物。

廢物會排放廢氣，就別憋了，反正有濾屁內褲。日子臭臭的，很真實。

我終於懂了，為何我們這麼愛讀文創時尚雜誌。人生裡到處是有形無形的廢氣，這些美好生活雜誌就是濾網，閱讀來自無塵仙界的訊息，美，帥，雅，高，瘦，富，憧憬無價。

算是，臭皮囊上撒香水，乾皺長斑的手上塗護手霜，發霉的聖誕襪裡塞普羅旺斯薰衣草香包，等根本不存在的聖誕老人送來一則好消息。

不悲觀，不強求，不停試，不言棄。笑著敬酒，大喊，我們不美不帥，但我們的聖誕，臭臭的，他媽的真快樂。

美國心靈小語

從德國飛到賭城過聖誕、跨年，一到美國就被熱情洋溢的 Small talk 給嚇到，一時不知如何應對。Small talk 可翻譯為「閒聊」、「寒暄」，是人類社交禮儀中的重要環節，在乾燥的語言脈絡裡，以不關痛癢、無關緊要的問候當做人際潤滑，說天氣，問為何，談何時。問題是，我向來抗拒與陌生人閒聊，一般德國人不行此道，我如魚得水。但我太久沒到美國，我忘了 Small talk 在這個文化的重要性，第一天就被嚇到結巴。

在機場等行李，我協助一對美國老夫婦領取沉重的行李，沉默微笑道別，想不到對方立刻用閒聊摧毀了我的道別：「你來自何方？」「為什麼來賭城？」「為何住在德國？」「來賭城有要看秀嗎？」一連串問句，我答得不情不願，我剛下飛機睡意濃厚，為何必須向陌生人交代不甚精采的人生履歷？

在租車櫃檯，服務人員滿臉燦笑，問東問西，明明之前網路上已經詳細填表，現場卻又要全部問一次，且順便問祖宗八代。我真的只想要趕快取車，可以不要問我來賭城最想看些什麼嗎？

在飯店辦理入住手續，櫃檯人員大喊聖誕快樂，問我聖誕夜怎麼過？我還來不及回答，對方就開始大講她家中的聖誕節傳統，描述詳盡，只差沒投影簡報配合。拜託可以直接給我房卡嗎？妳家聖誕節吃什麼大餐，我真的一點都不想知道。

在便利商店買零食，店員問我聖誕節怎麼沒跟家人過？我答父母雙亡，而且我家根本不過聖誕節。對方竟然從櫃檯跑出來，緊緊抱住我，眼中有淚。

聖誕節當天，許多商場依然開門，決定去購物撿便宜。所有商店的店員都擅長閒聊，我一踏入店裡，店員馬上大喊 How are you?，接著介紹促銷活動，然後當然也問祖宗八代。我在某一家店裡，連續被五個店員在不同的角落問：「你來自哪裡？」連續說了四次臺灣，說到膩了，最後一次我決定說謊，胡謅「我來自布吉納法索」。說謊竟然奏效，對方根本沒聽過此非洲國家，原本流暢的閒聊塞車，我樂得低頭繼續挑選衣物。

我個人把 Small talk 翻譯成「心靈小語」，就像是臺灣公共廁所牆壁上常會出現的那些貼紙，以充滿正能量的格言、標語，鼓勵人向善。這些心靈小語毫無詩意，短句語言架構鬆散，輕輕刮過事物表面，不深入，不探究，歌頌膚淺。Small talk 就如同心靈小語，刻意以寒暄堆砌善意，問者其實無心，答者跟著敷衍，一起完滿成人世界的表面社交禮儀。

我真是個憤世嫉俗的討厭鬼，心靈小語讓我身體過敏，心上起紅疹，舌頭灌水泥。於是決定，以我的方式，摧毀這些寒暄。

說謊，編造身世，胡謅瞎扯。被問：「什麼吸引你來拉斯維加斯？」我亂答：「我聽說拉斯維加斯大道北邊有一家很神聖的教堂，我想去哪裡感受靈性，接近上帝。」對方忽然瞳孔放大，嘴型歪斜，閒聊終止。被問：「來自哪裡？」我說塞席爾、象牙海岸、汶萊、亞塞拜然，尷尬立刻占據對方表情，我樂得趕緊從閒聊的地獄脫逃。

或者，過分誠實。被問：「你的二〇一七過得怎樣？一切都好嗎？」明知陌生的對方只需要一個「一切都美好！」的虛假答案，我卻刻意極度誠實，滔滔不絕：「我即將四十二歲了，這一年混得兇，一事無成啊，寫的書沒什麼人買，越老越笨。二〇一七年，好也不好，德國終於實現婚姻平權了，臺灣卻還在原地踏步。唉，身邊好幾個朋友都有憂鬱症，我好擔心他們。」

對方完全接不上話，嘴巴微張，見鬼表情。我樂得趕緊喊 Happy New Year，大步走出商店，全身充滿積極的正能量。碾碎心靈小語，我站在霓虹眩目的賭城街頭大喊：「二〇一八年，我不怕你，儘管來吧！」

身邊幾位好友常喚我「大作家」，我深知這是戲稱，知心的無傷調謔。此稱號旨在反諷，是閒聊甩出的語言小砲，例如：「大作家出新書了，趕快買，不然很快就會絕版了！」或「我跟同事說我同學是彰化大作家，他們都以為是九把刀，但我讓他們好失望。」最狠的是：「我發現隔壁桌同事竟然有買大作家的《叛逆柏林》！但她說這位作家叫做陳『恩』宏。」

我清楚自己的書籍狀況，「大作家」真是笑話，出版了六本書，早年的小說早已絕版，到第四本才嘗到再刷滋味。我毫無名氣，幾年前在成功高中演講，對著臺下塞滿禮堂的同學問：「請問有任何同學知道我是誰嗎？」有，一人舉手，就是邀請我的老師，我開心大笑。我自己真的不在意大小，因為我清楚自己，小就小，寫作不為名，是身體日常，是每日掛念。

但我發現，雖然我只是個微小不知名創作者，但我的書寫，與臉書的照片，對讀者的身體有某種微弱的影響。

我常收到這樣的訊息：「謝謝你的書，我決定放下一切，去柏林住一年。」或「我好羨慕你的叛逆，謝謝你的啟發，我也要辭職，出走」。

這令我憂心。

身為寫作者，我當然樂於聽見回音。寫作多年了，前兩本書《指甲長花的世代》、《營火鬼道》一刷便絕版，好友說曾在回頭書大拍賣攤位上看到一整疊，猜測再賣不掉就是焚毀；當年長篇小說《態度》，封面設計是聶永真，書極美，自以為交出什麼文學力作，結果只賣了六百多本（姊姊們就買了三百多本），沒聽過任何讀者給我回音，沒有任何書評。後來出版了《叛逆柏林》、《柏林繼續叛逆》，陸續發生了一些對我來說很陌生的事：文章入選國小教科書，時常收到讀者來信，街上遇見讀者，接到許多演講邀約。寫作本屬私密，出版了，對我來說就是把自己拋出去，像搖滾歌手在臺上狂吼、怒砸吉他之後，用力縱身往臺下觀眾跳，所謂「舞臺跳水」（Stage Diving），以前臉直接撞冰冷的地，無人熟識無人承接，現在至少有幾雙讀者的手接住我。溫暖濕熱的手。

憂心的是，我的柏林書寫，是否把「旅行」、「出走」、「叛逆」這些身體脫逃，透過抒情的書寫，加了過於浪漫的濾鏡？所以「啟發」了讀者，跟著浪漫？

其實我自己並非以「旅遊書寫」來定義我的兩本柏林書籍，因為我住在柏林，不在此「旅遊」（狹義的，身體實境的）。我自己是個多感的討厭鬼，愛哭愛笑，書寫的時候，我逼迫自己誠實面對自己，於是淚滴雨聲楓紅初雪藍海笑罵哭鬧都入文。我總認為自己天生就是個文青，長大後、變老後，一直還是個文青，雪夜讀里爾克，無人沙灘上用枯枝寫詩，背包一定得放一本文學，寫作時歌唱，背誦歌德，抄寫夏宇。文青常被笑，盡量笑我也無妨，我的身體需要維他命與蛋白質，也需要詩。

我擔心，我的柏林書寫，寫離島嶼很遠的城市，讓讀者覺得身體一定要出走，一定要離開，才能算點什麼。我臉書上一天到晚貼世界各地旅遊照，旅伴與家人剛好都是會拍照的人，加上我又很會用修圖軟體 Lightroom 跟 PhotoShop，用腳架倒數十秒自拍也很嫻熟，所以一堆照片層層堆疊，東貼西貼，演一齣並不存在的流浪，製造天涯旅人幻象。

我這一代的讀者一定都愛過三毛。戒嚴時代，作家卻能出國，沙漠裡流浪，島嶼、荷西、長髮，神祕難解，憂鬱卻勇敢。我小時候跟著姊姊聽三毛、齊豫、潘越雲合作的專輯《回聲》，最喜歡的就是〈飛〉這首歌，三毛寫：「行裝理了，箱子扣了，要走了要走了要走了。」我跟著唱，幻想自己離開彰化永靖，跟著潘越雲的歌聲，飛去很遠很遠的地方。

德文單字 Wanderlust，英文直接挪用，只是發音不同，此字意即：「旅行癖」、「漫遊熱」。我羨慕作者的沙漠與荷西，當年誰能出國啊？不僅戒嚴，還有經濟上的不可能。解嚴後，我這輩的男生當年還有兵役限制，不能隨意出國（後來法令才放寬），除非參加旅行團，否則不能離開島嶼。所以我長期患有嚴重的「旅行癖」（Wanderlust），尤其是當兵那段期間，身體被軍隊禁錮，一心只想去遠方。德文還有一個更傳神的單字 Fernweh，Fern 是「遠方」，Weh 是「疼痛」，即「想去遠方想到痛」，嚮往旅行，渴望異地。

如冰島歌手碧玉（Björk）那首〈*Wanderlust*〉：（出自二〇〇七年《*Volta*》專輯）

Wanderlust! relentlessly craving　旅行癖！綿綿渴望
Wanderlust! peel off the layers　旅行癖！層層剝開
Until we get to the core　直到我們抵達核心
Did I imagine it would be like this?　這是否符合我的想像？
Was it something like this I wished for?　這是我渴望的嗎？
Or will I want more?　抑或我要得更多？

若是演講主題是旅行，我時常都會播放這首歌，不論是音樂錄影帶、歌曲，肌理層次都非常豐富。這首歌的音樂錄影帶有3D與2D動畫版本，視覺效果強烈，碧玉飾演遊牧民族，與巨大氂牛一起在河流上漂流，卻無法掙脫河神的控制。

我們對於遠方、彼岸有想望，失戀或失意，特效藥似乎是旅行。與此城道別，放下一些／切，剝開自己，人們說旅行就是找自己，那就去遠方，想尋得自己的核心。

但那是浪漫的，例如臉書、Instagram上的眾多旅行照，許多似乎永遠都不用工作、擔心旅費的旅行者，今天在印尼衝浪，明天就在印度喝下午茶，擁有百萬追隨者。

其實社群網路上眾多旅行照根本不是創新，德國浪漫派畫家卡斯帕·大衛·佛雷德里希（Caspar David Friedrich）最有名的畫作《霧海上的旅人》（*Der Wanderer über dem Nebelmeer*），就建立了旅者最浪漫的身體形象，當今臉書沒人比得過這幅畫作：奇岩上的旅者背對觀者，霧海裡的髮、靴、杖、衣，身體遠行的浪漫形象，在一八一七年就達到巔峰。畫作裡的男子不用回頭，那背影就是旅行，有遠方，有大自然，那是彼岸，令人掉進畫裡，彷彿身體也在霧海上漂浮。

我想對讀者說的是，不見得要去霧海啊，不見得要來柏林啊。

旅行有其奢侈面相，再省，總得動用銀子。身體總有纏掛、糾結，並不是每個人都能說走就走。不能走，不能親自去看看霧海，旅行癖發作，想去遠方想到痛，無法搭上飛機抵達他方。旅行其實有許多現實的阻礙，簽證、經費、語言，情感上的行李，身體的無法絕對自由。

沒有在臉書上四處打卡，如我四處貼旅照，真的不代表，生活就比較黯淡。誰說妥協就一定死水，很多時候，無法割捨情感上的行李，待在原地，耕自己的那塊小田，其實是負責任。

出走是偶而的必要，但，不一定要那麼遠。考量到自己的人生現實，八里或者巴黎，真的不是在巴黎貼了馬卡龍照，就比在八里吃孔雀蛤值得讚嘆。這樣說不是硬要把兩個地方拿來製表比較，而是，能抵達的境地，其實是自己的人生。我們都不是明星，需要大量的讚來促成代言業配，所以自己給自己的讚最珍貴，自信的讚，諒解的讚，妥協的讚，原諒的讚，自己知道，自己明瞭。我們都活著，夠誠實的話，我們其實都清楚，人生營火大多時間黯淡微弱，哪來那麼多熱烈的讚好取暖。

我是極度幸運的人，才能四處跑，寫旅行散文。只是，社群有濾網，慘的時候，暗的時候，醜的時候，病的時候，通通都濾掉了，我沒有張貼。

我寫《叛逆柏林》，鼓吹叛逆。叛逆當然有浪漫成分，我一直對讀者說，叛逆，同時別忘了負責。我不認為兩者有衝突，叛逆不是亂衝亂拋，叛逆是找自己的核心，願意長大，溫柔，包容，放鬆。

「流浪」老實說沒那麼浪漫，我就沒有流浪的能力，我只能住飯店或者民宿，我無法睡人家的沙發，我討厭跟陌生人聊天（只愛偷聽陌生人聊天），我不想認識新的朋友，我不喜歡一個人旅行，有家人有旅伴我才有對象吵，我沒有任何流浪謀生的能力（畫畫或音樂天分），我沒吃飽或者餐點很難吃會發脾氣，在旅行時我依然很愛去吃肯德基（什麼幾星幾星我管你！我只要炸雞），我很喜歡拍背對鏡頭的拙劣學霧海旅人照片，努力營造「流浪感」。其實我哪有在流浪，幫我拍照的人根本超倒楣，因為那根本就是九零年代的你歌伴唱帶，那些伴唱帶裡，濃妝的男女主角在海邊漫步，眼神憂愁，口紅焰火，絲巾迎風。

我真的不覺得，一定要逼自己促成怎樣規模的旅行，才能對自己或者對世界交代什麼。人生有很多的現實面，考量自己狀況，估算，衡量。旅行作家們很豐富很精采，值得讀。但，不見得要照做啊，那是他們的人生。

霧海在畫裡永恆，永遠收藏在漢堡美術館（Hamburger Kunsthalle）。但人生瑣碎無奈，失意比詩意容易達成，霧海旅人這事，別人看似輕鬆，但那背後的許多，我們看不見。

倒是有想像力這事。閱讀，看電影，進劇場，想像力奔馳。

沒有一定得去的地方，沒有什麼不去會後悔的地方。有些時候，很多旅遊作者給了許多近似威脅的語氣：「十個不去便終身後悔的密境」、「十個必訪的美麗城市」。算了，這威脅無效，那些十大我通通都沒去過，我並沒有感到一絲絲悔意。人生不是集滿點數就能獲得贈品，人生的殘酷是，點數集滿了要換贈品，才發現集點活動已經結束。

我希望讀者看穿我這個「大作家」，也看穿自己。我跟你們一樣，辛苦工作，擔心房租，怕胖還是吃炸雞，幻想自己變成張曼玉或者冰島碧玉，卻只是穿著睡褲在街邊吃愛玉。本人皮膚斑斑，鬆垮機車，很多時候根本不友善。我很多貼在社群網路的旅行照片都是修圖，美肌過度，假的，塑膠的，等讀者來戳破。

自己的生活，自己的霧海，才是真的。

遠方無法企及，那就把遠方，留給遠方吧。

九　歌　文　庫　　1　2　8　5

第九個身體 

國家圖書館出版品預行編目（CIP）資料

第九個身體／陳思宏著．-- 初版．-- 臺北市：九歌，2018.05
面；　公分．--（九歌文庫；1285）
ISBN　978-986-450-185-4（平裝）
855　　107004441

作　　者——陳思宏
內頁攝影——陳思宏、Achim Plum
責任編輯——曾敏英
創 辦 人——蔡文甫
發 行 人——蔡澤玉
出　　版——九歌出版社有限公司
台北市 105 八德路 3 段 12 巷 57 弄 40 號
電話／02-25776564．傳真／02-25789205
郵政劃撥／0112295-1

九歌文學網　www.chiuko.com.tw

印　　刷——前進彩藝有限公司
法律顧問——龍躍天律師．蕭雄淋律師．董安丹律師
初　　版——2018 年 5 月
初版 3 印——2020 年 12 月
定　　價——360 元
書　　號——F1285
I S B N——978-986-450-185-4